讀小說
Reading Novel

THE LEGACY OF DR.DEATH

死亡醫生的遺產

ドクター・デスの遺産

中山七里

瑞昇文化

目次

所求之死

望まれた死

1

『求求你相信我，我們家來了一個壞醫生，把爸爸給殺了。』

接獲報案的倉科惠子一聽到這個有印象的聲音，便心想「又來了」。講話含糊、有些鬧彆扭的口吻，聲音聽起來應該是國小低年級的男生。

「又是你啊。你昨天不是也打了一通同樣的電話過來嗎？」

惠子所屬的通信指令中心位於警視廳本部，她的職責是向報案者聽取狀況，並將指令下達給在現場附近進行巡邏的警車。

警視廳本部接獲的報案數恐怕是全日本第一，最近隨著手機普及，這個數字又向上攀升了許多，其中不乏一時興起的惡作劇電話，因此坐在電腦前的惠子還必須想辦法盡快處理這種狀況。

「我記得你的名字，你叫馬籠大地沒錯吧？我跟你說，亂打110是一種叫妨害公務罪的犯罪行為喔。以後不要再這樣子了，大地小弟也不想被警察抓走吧？」

惠子故意說得比較嚴厲一點，當然是為了嚇嚇他，但大地的反應卻出乎意料。

『在抓我之前，先去抓那個壞醫生好不好？爸爸明明一直很努力對抗疾病，媽媽也全心全意在照顧爸爸，可是那個醫生，那個壞醫生……』

聲音聽起來很認真，但醫生殺害患者這種事情，怎麼想都太荒唐了。惠子的腦海中突然閃過醫療疏失的可能。

「大地小弟，你爸爸之前在住院嗎？是不是治療還是手術的時候死掉的？」

『不是，是在家裡。醫生到我家殺了爸爸。』

所以是到府往診時患者陷入了病危狀態嗎？如果是這樣的話，也能理解為什麼大地會這麼說了。

『警察不是會抓壞人嗎？那你們去把他抓起來啦。我爸爸真的是被那個人殺掉的。他雖然穿得很像醫生，但其實是死神啦。』

不會吧，居然連死神都搬出來了。

如果不是單純的惡作劇電話，那就可能是小孩子的天馬行空了。居家療養的父親在醫生上門看診時病危，所以在小孩子眼中，醫生看起來就跟死神沒兩樣。可能也有受到一些時下驚悚漫畫或動畫的影響吧。

惠子突然對大地感到同情，或許她太急著兇大地了。

「我跟你說喔，大地小弟。就算是醫生，也是會有治不好的病。你爸爸得的病應該就是那種治不好的病吧？」

說著說著，惠子產生一種自己成了電話諮商人員的錯覺。

『不是啦，爸爸是真的被殺了，我到底要說幾遍你才會相信啊——』

氣急敗壞的聲音聽起來馬上就要哭出來了，惠子也不忍心就這麼掛斷電話……才剛冒出這個念頭，她馬上想起一張臉孔。

「我知道了，大地小弟，你們家的電話就是現在你打給我的這支對不對？你等一下下就好，我們會盡快再打給你。」

結束通話後，惠子接通刑事部搜查一課的內線。一課的高千穗明日香是跟她同一期進來的同事，明明選填志願時填了生活安全課，後來卻被分發到搜查一課，情況特殊。而且比起女警，她在警察學校時期給人的感覺更像是一個幼教老師。

「高千穗嗎？我是指令中心的倉科，現在方不方便說話？」

『可以是可以。』

「你聽起來好像心情很差呢。」

『我現在因為手上的案子需要，和技能指導教官一起行動，可是這個教官實在太有個性了……啊，抱歉，我沒有要抱怨這件事情啦。你找我什麼事？』

「我連續兩天都接到一通說自己爸爸被殺害的報案。」

惠子開始說明大地的報案內容。

「我認為可能是往診時病人突然病危，而孩子對父親的愛讓他誤會是醫生殺了爸爸。」

『聽起來滿常見的。』

「高千穗，你能不能替我跟那個小弟聊聊？」

『為什麼要我來？這又不是搜查一課的工作。』

「就算不是搜查一課的工作，感覺也很像你的工作吧？聽聲音應該是小學低年級，爸爸又剛過世，情緒很不穩定。」

『我真心不懂你怎麼會覺得這像是我的工作，我面對的都是傷害、殺人之類的重案——』

「如果放著情緒不安定的孩子不管，沒有好好關心的話，搞不好不久後就會發展成少年犯的嫩芽喔。難不成你打算等到事情變成自己負責的案子後再說嗎？」

『……你是在恐嚇我嗎？』

「才不是什麼恐嚇，我只是通報我發現了災難的新芽。老是窩在指令中心又拓展不了人脈，負責對付兇惡罪犯又習慣面對小孩子的警察，我只想得到你高千穗明日香了。」

『……你還真的是一點也不八面玲瓏噢。』

「但我本人嬌小玲瓏。」

『我醜話先說在前頭，我也不是真的很擅長應付小孩子。入廳以來，我面對的都是一群大老粗，周遭的同事也淨是些渾身血腥臭的男人，連外型還算不錯的搭檔也是根大木頭。』

「你抱怨的事情越來越奇怪了。總之我跟你保證，如果放著那名少年不管，他的內心遲早會扭曲。要放任潛在兇惡罪犯的幼苗繼續成長，還是盡早摘除，一切都取決於一名女警的正義感呢。」

『……你的心眼還是跟以前一樣壞呢。』

「看人的眼光也依舊雪亮喔。能被我選上應該感到光榮。」

『把那孩子家裡的電話號碼告訴我。希望只是單純的被害妄想，但凡事總有萬一。』

「要進行正式的偵訊嗎？你難不成打算自己來？」

『我打算拖那根大木頭下水。』

＊

「所以你才決定要聽看看那小孩的話嗎？」

驅車前往目的地的路上，犬養隼人的口氣自然而然地尖銳了起來。他聽說有小孩通報父親遭人殺害的消息，於是決定偕同明日香前往，殊不知事情的脈絡居然是這麼一回事。

「幹嘛把我拖下水，這種事情你自己可以搞定吧？」

「上面說任何案件都要避免搜查員單獨行動，我不過是照規定來而已。」

明日香的態度冷淡到不行，犬養完全搞不清楚她內心在想什麼，明明話語中處處滲出厭惡感，卻又出自某些原因將犬養捲入事件。雖然他認為自己連搭檔的心思都不了解，實在丟臉，但同時又安慰自己本來就不懂女人心，所以這也是沒轍。

在成為警官之前，犬養曾上過演員訓練班。拜這項經歷所賜，他養成了從舉止與表情看穿他人謊言的能力，但這一套在女性身上完全不管用。

「而且這次的情況也不是完全沒有犯罪的跡象。如果忽視市民通報，令偵辦行動迫於被動，到底是誰要負責呢？」

「現在就習慣拿漂亮話當擋箭牌的話，可是沒辦法成為合格的刑警喔。」

「聽起來好像有前車之鑑一樣。」

「被調走的管理官就是這類型的人。我們的鞋底可不是為了這種漂亮話才磨損的。」

不知道明日香是不是也不喜歡那名管理官，聊到這裡後她就不再開口。先不論她對自己的好感度如何，她能閉上嘴巴，犬養就已經謝天謝地了。

明日香從馬籠大地口中問出的地址是練馬區石神井町二丁目，那是石神井公園附近的一座安靜的住宅區。這一帶斜坡較多，遠遠望去，整座小鎮起伏連綿。時間是平日午後，附近的小學傳來兒童的聲音，一點都沒有殺人案發生的氣息。

馬籠家位於長長的緩坡頂端，犬養將車停在路旁，帶著明日香走上坡道。明明是明日香自己要插手管這件事情，爬坡時她卻氣喘吁吁地跟在後頭。

「太慢了。」

「如果是、平地的話、就會比較輕鬆。」

「要抱怨就跟那個報案的孩子抱怨，跟他說住在坡道上的傢伙不要惹麻煩。」

犬養早一步抵達應該是目的地的屋子前。門牌是「馬籠」，號碼也一致，肯定是這間沒錯。但有一處跟他一開始想像的不一樣，那就是正門貼著寫有「忌中」的紙。明日香跟上後，看到那張紙也露出了難以言喻的表情。

「起碼父親過世的這件事看來是真的。」

他按下門鈴，但一點回應都沒有。門上紙張的角落有一行小字寫著喪禮會場的地址，遺體跟家屬大概都到那裡去了吧。會場位於石神井台，離現在位置不遠。都來到這了，那乾脆一不做二不休，反正他們也必須問問報案的大地小弟到底發生了什麼事。

於是兩人回到車上，朝著下一個目的地出發。他們很快就找到會場，看起來是公營的生命會館，停車格大約只容得下二十台車，但或許是開車前來弔唁的賓客不多，犬養輕輕鬆鬆地找到了車位。

〈馬籠健一　喪禮會場〉

現場已經開始登記了，收奠儀的櫃檯前排著不少身穿喪服的人。其中也有幾名女性賓客拿起手帕擦拭眼角。

即使沒進入會場，線香的氣味也乘著風飄向他們。這股死亡的氣息與殺人現場那股熟悉的味道不同，勾起了犬養的原始恐懼。

「我們怎麼看都像是跑錯地方的人呢。」

明日香從後面跟上，看起來不太自在。

「就只有我們沒有穿喪服。」

「但毫無疑問是被找來的。不過不是喪主叫的就是了。」

他們一路撥開充盈周圍的死亡氣息，插進櫃台隊伍的最前面，櫃台內的男性立刻皺起了眉頭。

「不好意思，無論兩位與往生者的關係如何，還是請您遵守排隊順序。」

「抱歉，我們現在才剛要開始跟往生者扯上關係。」

犬養抽出懷中的警察手冊。

「別緊張，不是什麼嚴重的事情。我想問一下大地在嗎？他應該是往生者的兒子。」

「他在休息室休息。」

接待的男子手忙腳亂地領著犬養跟明日香前往休息室。

「請問往生者的死亡有什麼可疑的地方嗎？」

「你和往生者是什麼關係？」

「我是他姪子，我叫馬籠啟介。」

「會不會發展成可疑的狀況還是個未知數。往生者之前生病很久了嗎？」

「不清楚，因為我和他們也有一陣子沒來往了……」

「死因是什麼？」

「只有從小枝子嬸嬸那裡聽說是癌症。畢竟今天才剛準備要守夜，她根本沒時間靜下心來跟其他家人好好說明。」

「聽說馬籠先生是在居家療養的過程中過世的。」

「好像是。聽說病情突然惡化，嬸嬸急急忙忙叫醫生過來，但還是來不及搶救。不過這件事也是小枝子嬸嬸在當時倉皇聯絡我們的時候提起的，所以詳細情況我也不清楚。」

看樣子詳情果然只能問問大地和小枝子了。

家屬休息室中只有母子兩人，顯然他們就是大地和小枝子。小枝子一臉疲態，而大地則是憂心地看著媽媽的臉。

犬養讓啟介待在外頭，和明日香兩人走進休息室。

「請問兩位是？」

小枝子有氣無力地抬起頭。

「百忙之中打擾，真是抱歉。我是警視廳搜查一課的犬養，這位是高千穗。」

「啊？」小枝子歪著頭，看起來備感訝異，而大地的表情則豁然開朗。
「高千穗小姐？啊，你真的來了！」
「大地，這到底是怎麼一回事啊？」
「大地小弟打１１０向警方報案，說爸爸被壞醫生殺了。」
小枝子聞言瞪大了雙眼。
「大地！看你做了什麼好事。爸爸是因為生病才過世的，為什麼你會說他被人殺了呢？」
受到母親的責難，大地嚇得直發抖。
「不管是誰都很敬重爸爸，他也沒有被誰怨恨。這樣的人怎麼可能會被殺。」
「可是媽媽，那個醫生來我們家以後，爸爸的身體不是突然就變糟了嗎？」
「那時早就已經來不及了，根本不是醫生的錯。」
小枝子的雙手緊抓大地的肩膀，大力地搖著他。就在大地差一點哭出來時，犬養插手制止。
「馬籠太太，要在喪禮的場合說這種話我也感到很抱歉，但還是請你先冷靜一下。」
他溫和地介入小枝子與大地之間，把兩人拉開，並將大地交給明日香。
「我要和太太聊聊，你先帶大地到其他房間等我。」
言下之意當然是要明日香把大地帶到安靜的地方分開問話。在母親面前，大地恐怕無法暢所欲言吧。

「那、那、那孩子是因為父親去世帶給他的衝擊太大，才會說出那種話的。」

「他現在幾歲？」

「八歲。」

「原來如此，正好是喜歡跟父親撒嬌的年紀呢。而且又是很愛作夢的階段。確實就像媽媽所說的，可能是因為衝擊太大才會打電話報案，這種想法十分合理。」

「我們家孩子給兩位添麻煩了……真的很對不起。」

小枝子頻頻低頭如搗蒜。

「不會不會，如果只是大地誤會了，自然是再好不過。但我們既然接獲通報，就必須撰寫報告書，所以能不能請你告訴我事情的經過呢？」

「你說的事情是指……？」

「請你告訴我馬籠先生去世時的詳細情況，我整理好調查報告後，這件事情就可以平安落幕了。」

小枝子緩緩點了點頭，闔上了嘴，看起來是在整理思緒。大約又過了三十秒後，她才終於再度開口。

「我先生健一生前經營了一間汽車零件工廠，幸虧他為人腳踏實地，讓我們一家人一直到大地上幼稚園前都過得很順遂，但四年前他搞壞了身子。一開始還以為只是單純的疲勞，所以他勉強自己繼續工作，結果有一天突然在工廠昏倒了……去醫院檢查之後，才知道他罹患了肺癌。」

「肺癌屬於較難痊癒的癌症呢。」

「對，聽說五年存活率只有百分之幾而已。即便如此，我先生還是沒有陷入絕望，開始努力地與病魔搏鬥。他把工作全部交給下屬，住進醫院專心治療。可是一年過去、兩年過去，病情都未見好轉，不斷惡化了……第三年開始，醫院那邊說如果病患希望的話，可以更改為居家療養的模式。」

「明明病情沒有好轉？」

「說來慚愧，當時不光是工廠轉手他人，我們甚至還領出了所有的存款，好不容易才付得出住院的費用。」

也就是說，因為收不到住院費，院方才會要求家屬將患者接回家。

「要是當初有投保癌症保險，或許情況也不會那麼吃緊，但現在說這些也於事無補了。後來我們就一直維持居家療養的狀態，直到昨天病情急轉直下，我趕緊叫了醫生過來，但醫生到的時候，他的呼吸已經停了。」

「醫生診斷的直接死因是什麼？」

「心臟衰竭。」

「不是肺癌症狀惡化導致死亡嗎？」

「當初住院的時候就一直有在投用抗癌藥，醫生說明過副作用是可能引發心臟衰竭。」

犬養想起過去在辦某件案子時，曾聽專業醫師解釋過類似的事情。那位醫生說，有些抗癌藥會產生心臟毒性，對心臟肌肉造成損害，而心臟肌肉一旦變得脆弱，就可能引發狹心症與心臟衰竭。

「可能與病魔對抗四年下來也憔悴了不少，他當時彷彿氣力放盡般，靜靜地就走了。他罹癌前是個活力充沛的人，所以大地也很難忘懷那時的印象吧。即使親眼看見父親死亡，他也一直搖著遺體，喊著『爸爸怎麼可能會死，騙人。』」

犬養的心中浮現那幅卒不忍睹的景象。

「你先生臨終時，在場的醫生有開立死亡證明吧？方不方便跟你借一下？」

「我交給區公所去辦理埋葬許可了。」

「那沒關係，我之後再去確認。」

如果抗病生活時間夠長，應該也查得到過往病史的紀錄。若死亡證明上的直接死因確實寫著心臟衰竭，就能證明小枝子所言不假，而這次的騷動也能順利平息。

犬養離開房間，走向斜對面的另一間休息室。他伸手轉動門把，但就在他拉開門的同時，門後的明日香也恰好將門推開。

母親那邊問完了——正當犬養準備開口時，明日香卻迫切地搶先開口。

「犬養先生，事情不太對勁。」

「哪裡不對勁了？母親的敘述裡找不到任何疑點。」

「大地說到他們家裡的醫生有兩個人。」

「兩個？」

「在見證馬籠先生臨終的醫生抵達的前一個小時，還有另一位醫生到過他們家。」

犬養的腦海裡閃過一道光。

小枝子對這件事隻字未提。

「你去母親那邊，我不想在問小孩子話時被打擾。」

於是犬養便與明日香交換，這次換他來與大地對質。或許多虧了明日香應對得宜，大地的情緒已經穩定不少。

「大地小弟，你剛才和大姊姊說過的話，能不能再跟我說一次？真的有兩個醫生到過你們家嗎？」

真的。大地淡淡地回答。

「一開始的醫生是中午前來的，跟護理師一起。他們看了一下爸爸的狀況，然後打完針就回去了。爸爸原本還能正常講話，後來就突然變得很安靜。然後媽媽急急忙忙打電話叫另外一個醫生過來，第二個醫生拿著燈照爸爸的眼睛、又把聽診器按在爸爸的胸口，最後說爸爸已經往生了。」

「所以你說的壞醫生指的是……」

「嗯。是第一個來的醫生。」

「你記得那個醫生長什麼樣子嗎？」

「我想想。」

大地的視線飄往斜上，看起來正在翻找記憶。

「頭頂有些禿禿的，感覺有點恐怖的人。長得不是很高。」

「媽媽怎麼叫那個醫生的？是叫名字嗎？」

「不是，只有喊他醫生。」

「和第二個來的醫生是完全不一樣的人對不對？」

「對，第二個醫生長得很高，頭髮也很多，不可能搞錯的。」

犬養直盯著大地的眼睛。就算他無法看穿女性的謊言，小孩子的倒是沒問題。他怎麼樣也不覺得大地是在胡說八道。

這到底是怎麼一回事？

小枝子和大地的證詞南轅北轍。事情就發生在昨天，照理說不可能是因為印象不深的關係。

如果相信大地的證詞，那麼自然而然就代表小枝子在說謊了。

還說什麼平安落幕，這下子豈不是疑雲重重了嗎？

一嗅出謀殺的可能，犬養的五感頓時敏銳了起來。第一個到的醫生到底替馬籠打了什麼藥？那東西才是奪走馬籠性命的直接原因嗎？

好險搶在最後一刻趕上。今晚要守夜，明天才舉行告別式，所以屍體還沒送去火化。

犬養再次走到走廊上把明日香叫過來。

「搞不好我們抽到了一張不得了的鬼牌。」

「所以大地說得果然沒錯？」

「還不能斷定，但無論如何都不能就這樣讓遺體送去火化。你趕快去聲請鑑定處分許可狀，然後叫鑑識組到他們家去。」

犬養將車鑰匙塞到明日香手裡。

「犬養先生要怎麼做？」

必須不顧喪禮的流程，搶走本該送去火化的遺體，運上解剖臺。可想而知，喪主小枝子與眾多弔唁賓客都會強烈反彈吧。

「我會想辦法在不驚動全場的情況下留住遺體，總之你趕快去。」

叫明日香趕回總部之後，犬養換上一副老神在在的表情觀察喪禮。有沒有可疑人士、有沒有人的行為舉止不自然──不過香煙繚繞的會場裡，喪禮順利地進行著。

從前來弔唁的人數，就能看出往生者的人脈，而從那些賓客的態度，也能窺知往生者生前的人望。馬籠健一這號人物的交際圈雖然不廣，但就如小枝子所說，他受到了大家的敬愛。沒有任何一名賓客在上前祭拜時看起來是敷衍了事的。

一直到晚上十點，終於有了動靜。會場外突然傳來一陣騷動，幾名搜查員闖入了守夜的會場，明日香也是其中一員。

頓時小枝子及在場賓客也開始躁動起來，不過犬養已經和館方說明過情況。雖然有幾個人情緒激動地站了起來，但犬養也上前勸阻。

「只是程序上出了點問題，所以遺體由我們暫時保管，各位可以繼續進行儀式沒問題。」

不過搜查員在運出健一的遺體時，還是如先前所預期地遭到小枝子的猛烈抵抗。

「你、你們到底有什麼權力可以把我先生的遺體帶走！」

小枝子緊抓著棺材不放，這時犬養出面制止。

「與其說是權力，不如說是義務吧。即便是病逝，只要有任何一絲可疑之處，我們警方就必須進行調查。」

犬養盡可能淡然以對。既然對方已經感情用事，無論觀感如何，最理想的方法還是採取公事公辦的態度。

「馬籠太太，為什麼你沒告訴我們往診的醫生總共有兩位呢？」

小枝子吃了一驚，表情變得僵硬不已，顯然大地的告發屬實。

「別擔心，雖然可能會稍微拖到下葬的時程，但我會負起責任將遺體確實歸還的。」

然而小枝子的神情，坦率地表現出令她不安的另有其事。

犬養回到一課，發現麻生班長早已在摩拳擦掌。

「聽說你把判定為病死的案件強行挖出來重新調查啊？」

「用到強行這個詞彙就不太對了，我可是有確實聲請到鑑定處分許可狀才搬走遺體的。」

「人家的老婆跟家屬都打電話來抗議了喔。你到底是從哪邊嗅出裡頭有案件氣息的？」

他怎麼可能坦承是因為自己選擇相信孩子，而非女性。

「因為證詞有蹊蹺。明明有其他的醫生到過他們家，她卻按下不表，總不可能說是忘了有這件事吧？」

「但第二個醫生開立的死亡證明上是寫心臟衰竭沒錯吧？」

「如果先來的那個人也是貨真價實的醫生，那或許有辦法糊弄過去。根據少年的證詞，第一個醫生疑似有替被害人施打藥劑。」

「如果真的涉及犯罪性，就代表老婆也參了一腳呢。」

「是啊。馬籠生前是經營零件工廠的，可以聯想到幾種跟錢有關的情況。」

「像是為了保險金殺人就對了。」

「確實無法否認有這種可能。我打算等司法解剖的結果出來後去保險公司探探口風。」

「如果查出來什麼事情也沒有呢？」

麻生瞇起眼來觀察犬養的反應。

「你在人家守夜的時候搶走遺體，還強迫法醫學教室進行司法解剖。搞得雷聲這麼大，最後如果連個雨點都沒有的話，誰要出來負責？」

沒事就是好事——這種話只有沒背過責任的人才說得出口，尤其組織的行動可是受制於預算與面子。

「會有兩個醫生上門，也可以單純認為是因為第一個人派不上用場，才會叫來第二個，如果事實是這樣的話該怎麼辦？」

犬養當然也思考過這個可能性，但他長年在第一線奔走、磨破鞋底所換來的本能驅使自己做出行動。

「如果這樣就可以負責的話，我這本警察手冊隨時都可以交出來，不過那時就算我沒那個意思，恐怕也會帶上幾個陪葬的人吧。」

麻生立刻露出厭惡的表情。

「雖然到現在為止，你的判斷都沒有出錯過，但好歹想一下自己會造成別人多大的麻煩吧。」

犬養的餘光瞥見縮起身子的明日香。雖然擅自決定辦這起案子的人是犬養，不過把犬養牽扯進來的罪魁禍首可是明日香。她之所以會縮起身子，恐怕也是因為有自知之明吧。

正是因為如此，她不該因為麻生的斥責而消沉。

「你放心，如果一個組織有正常運作的話，即使一個人失控，還是有能力讓整體回到軌道上的。」

「……你這是在諷刺嗎？」

「怎麼會。再說了，會因為一個人失控就顏面盡失的組織，也不過那點斤兩而已。」

麻生惡狠狠瞪著犬養。

「我就祈禱你能夠繼續刷新連勝紀錄。」

犬養有些待不下去了，想到外面呼吸點新鮮空氣。他繞到明日香背後，說了句「走吧」。

「你說走，要去哪裡？」

「法醫學教室。難道你打算在這裡瞎等到報告出來嗎？」

明日香似乎也覺得待在這裡渾身不自在，於是默默地跟上。

馬籠的遺體被送到東京大學本鄉校區的法醫學教室，於是兩人前往該校區。明明已是深夜，醫學院二號館本館還是透出了燈火。古色古香的磚造建築巍然屹立，散發出一股魄力驚人的莊嚴氛圍。

即使進入建築，壓迫感依然未減。對醫學相關人員來說，或許必須重新思考一下如何解決建築物與設備老舊的問題，但起碼對外人展示權威的效果還不錯。

畢竟連處理人類生死的解剖室都有了，也難怪整棟建築物散發著一股肅穆的死亡氣味。但這和犯案現場所瀰漫的那股暴戾之氣又不一樣，是經過嚴格管理的靜謐氣息。

「犬養先生，你該不會打算去解剖室吧？」

明日香呆板的聲音透露出她的緊張。

「你是第一次到解剖現場嗎？」

「我之前都只看解剖報告書……」

「還是親眼見過一次解剖的狀況會比較好。這麼一來報告上的內容也會轉換成具體的畫面在腦海浮現。」

明日香抗拒地搖了搖頭。

沿著走廊走了一段路後，終於抵達研究室。犬養敲了敲門，裡頭有個沉穩的聲音應了聲「請進」。

「哎呀，犬養警官。辛苦你這麼晚還跑一趟。」

迎接兩人的是這間研究室的主人，藏間副教授。他是個四十二歲的中年男子，知性的雙眼令人印象深刻。由於搜查一課時常委託他進行相驗，所以彼此也算是老交情了。

「這次委託的案子剛好檢驗完了，現在正在寫報告呢。旁邊這一位是……？」

「去年開始跟我搭檔的高千穗。」

「這樣啊，幸會幸會。話說回來，會挑這個時間過來，想必是希望盡快知道解剖的結果吧？」

「方便的話就太感謝你了。」

「你們看過原本那張死亡證明了嗎？」

「同仁去拿了。」

「聽說死因是寫心臟衰竭，但犬養警官也知道心臟衰竭並不是一種正式的病名，而是指涉一種狀態。這次的案子，直接死因其實應該叫作缺血性心臟病。簡單來說就是冠狀動脈的血流不足，心肌缺血而導致壞死的病症。」

「也就是說，確定是心臟疾病沒有錯嗎？」

「對，身體表面沒有任何外傷，臟器也沒有破裂的痕跡，加上梗塞的部位很具體，可以清楚看見細胞間質浮腫與心肌凝固壞死，所以死因無疑是心臟病。」

怎麼可能——犬養差點就脫口而出。這麼一來小枝子的證詞就是真的了。

「但也有一些地方很奇怪。我們調查了檢體的血液，發現鉀離子含量異常地高。」

「鉀離子含量？」

「鉀雖然是人體的必需礦物質之一，但血鉀濃度太高的話就會對心臟造成不良的影響。檢體的血鉀濃度準確來說是10・0ｍＥｑ／ｌ，是正常數值的三倍左右。我一開始懷疑是高血鉀症，不過既沒發現消化管出血、也沒發現細胞溶解，以防萬一我採集了血漿檢驗，不過還是沒有發現高血鉀症的特徵。」

他本人應該沒意識到自己講了一串專業術語吧。即使沒辦法要求他說得更淺顯易懂，犬養還是大概能理解他的意思。

「意思是，他的病因不是因為血液中的鉀離子含量過高就對了？」

「這也只是可能性的問題而已。但如果說他的血鉀濃度是以人工方式提高的，這個數值就不奇怪了。應該說，之前也有過跟這種症狀很類似的案例。」

藏間慢悠悠地探出身子。

「犬養警官記不記得東海大學發生的那起安樂死事件？」

當然記得。那是平成三年發生在東海大學醫學院附屬醫院的事件。

「患者罹患多發性骨髓瘤，昏迷了很長的一段時間。家屬不忍心看見患者受苦的模樣，苦苦央求助手減輕患者的痛苦，於是助手增加了止痛劑跟抗精神病藥物的用量，甚至超出一般規定用量，但症狀仍未見好轉。後來助手再次受到家屬的懇求，便用上標準用量兩倍的鈣離子拮抗劑Verapamil，可是脈搏依然沒有起色，所以後來又追加了20ml的氯化鉀製劑，最後令患者罹患急性高血鉀症，導致心臟停止而死亡。」

「藏間醫師，言下之意是……」

「事件曝光後，他們公開了患者死亡時的檢驗資料，而這次的檢驗結果和那起事件的資料根本是同一個模子印出來的。」

2

馬籠健一有可能是因遭人施打氯化鉀製劑而死……

犬養報告了藏間的看法後，麻生低聲說了句「這樣啊」。

「真是太好了，犬養，又被你撿回一條命呢。」

「好說。」

「馬上成立搜查本部。鑑識結果也差不多要正式出爐了，看來第一次搜查會議就有辦法討論出個東西囉。」

雖然犬養在案件性未明的狀況下便武斷決定派了鑑識小組到馬籠家，免不了得為此吃上排頭，起碼就結果來說是好的。說來說去，也算是歪打正著吧。

「接下來必須清查他們家的資產，也要確認投保狀況。」

「小枝子說他們為了籌措馬籠的治療費用，把所有的存款都領出來了，帳戶裡恐怕沒剩多少錢吧。」

「所以我才更在意保險合約的內容啊。」

「我個人倒是比較好奇實際下手的犯人是誰。」

犬養不小心說出了心裡的想法。

因為看上保險金，或是覺得礙手礙腳而企圖除掉丈夫的妻子一點也不稀奇。但是身穿白袍，平靜地替患者注射氯化鉀製劑的神秘人物，勾起了他職業上的興趣。

「造訪馬籠家的醫生有兩人，見證馬籠臨終的那位醫生，只要看死亡證明就可以知道是誰，但最關鍵的第一個醫生，目前還是一無所知。」

「就算替患者注射氯化鉀製劑是小枝子的要求，正常的醫生也不可能接受。這樣啊，你懷疑那名醫生是冒牌貨嗎？」

犬養沉默以對。

就刑警的立場來看，麻生的想法合情合理。接受小枝子委託的某個人偽裝成醫生殺害馬籠，這個假設聽起來一點也不奇怪。

然而犬養在思考另一種可能，只是那個想法太奇特、卻又太實際，所以他遲遲不敢說出口。

「無論是真的醫生還是冒牌的假貨，總之一定是有辦法取得氯化鉀製劑這種東西的人。只要擴大搜索範圍，肯定有辦法網住那傢伙。」

麻生說得好像一切都是理所當然。

第一次搜查會議馬上就召開了。由於這次的案子為搜查一課自己的案子，所以參加的搜查員並不多。坐在前方主持的人除了麻生之外，就只有村瀨管理官與津村一課長而已。

村瀨率先開口：

「本次的案件發生在十月二日，在家進行療養的馬籠健一身亡，然而這可能是偽裝成心臟衰竭的毒殺案。長年與病魔纏鬥，如此弱勢的被害人遭人無情地殺害，這絕對是天理不容的罪惡，期盼各位能盡速緝拿嫌犯。」

村瀨口若懸河，令會議室的空氣緊繃了起來。他說完後，麻生便接過麥克風。

「當天，一共有兩個醫生到馬籠家往診，關於馬籠臨終時在場的那個醫生……」

明日香接著麻生的話應答。

「我們已經透過提交給區公所的死亡證明確認身分。那位醫生姓卷代，於練馬區開了一間診所，曾多次到被害人家中往診，定位等同於主治醫師。」

「已經問過話了嗎？」

「是的。根據證詞，卷代於二日中午過後接到被害人妻子的聯絡，表示丈夫狀況有異，希望他馬上趕去，不過趕到現場時被害人已經死亡，並呈現心臟衰竭的症狀，於是便當場進行診斷，確認死亡。」

「他在判斷時沒發現被害人死前被其他醫生注射了藥劑嗎？」

「卷代表示當時因為專注於確認生命跡象，沒有檢查到手臂的部分。」

聽明日香的報告，似乎強調了卷代這名醫生的粗心大意，但其實那名醫生也多少令人感到同情。如果很清楚自己往診多時的病患有多衰弱，在沒有明顯外傷的情況下，自然會先想到病死這種可能，所以僅僅檢查瞳孔放大和心跳停止就判定死亡，好像也不能太過苛責。

「鑑識結果如何？」

這次換鑑識課的搜查員起身報告。

「鑑識作業以被害人的寢室為中心進行，採集到了被害人與其家屬，以及卷代醫師的毛髮和指紋。然而關於目前有問題的第一個醫生與隨行的護理師，只有在玄關與一樓平面有採集到鞋印。」

如果採信大地的證詞，那麼犯人的手腳顯然非常俐落。毫無前兆地登門拜訪，注射完藥劑後旋即消失。連使用的凶器都盡數帶走，現場根本沒留下東西。大地將他們比喻成穿著白袍的死神還真是意外地貼切。

「有沒有人目擊到第一個上門的醫生？」

於現場周邊打探消息的搜查員回答：

「隔壁紅林家的主婦表示有看到那兩個人。時間在十一點左右，婦人目擊到馬籠家玄關前停著一輛白色休旅車，並且有一對穿著白衣的男女走下車。」

聽到第一份目擊情報，搜查員之間掀起一陣騷動。

「這個婦人以往就見過不少次卷代醫師往診的情況，不過據說卷代開的是黑色轎車，所以婦人才對那台白色休旅車感到好奇。那對男女進門後不到二十分鐘便離開了，接著一個小時後，也就是十二點半左右，卷代醫生才出現。」

「她有看到一開始那個醫生的長相嗎？」

「看是看到了，但只有一瞬間，據說長得很平凡，不太容易留下印象。雖然我們請她協助我們繪製肖像畫，但對方婉拒了。」

窸窸窣窣的聲音如潮水般退去，室內再度安靜下來。坐在前方的麻生看起來也難掩失望。

「算了。長相部分應該有辦法跟被害者的妻子詢問詳情吧。問題在於被害人的妻子小枝子到底參與了多少。假使她跟那個醫生是共犯，就有可能知情不報了。」

言外之意，就是要從大地口中問出資訊。之所以不明講，是礙於他們無法全盤信任一名八歲孩童證詞的情結。

「接著，馬籠家資產狀況。」

麻生班的一員，高梨起身報告。

「我們調查了馬籠健一與小枝子的往來銀行和保險公司，首先是存款部分，現階段確認健一的存款剩下一萬五千兩百五十四圓，小枝子則是七萬五千五百六十四圓。過去經營的工廠已經不在他們名下，此外還以自宅抵押、向銀行之外的金融機構借了將近五百萬。」

從小枝子的證詞，就可以推測出馬籠身上有背債，畢竟光把所有機構的存款全領出來也不夠，所以不難想像他們會透過借錢的方式來籌措醫療費用。

「此外，小枝子的存摺紀錄有一筆款項的動向很令人在意。事件發生前兩天，她從帳戶中領了二十萬出來，但這筆金額和過去她為了支付生活費與治療費時所提領的金額都不相符。」

「投保狀況呢？」

「馬籠健一從二十年前就投保了儲蓄型壽險，月繳六千兩百圓，死亡時領了一千五百萬圓。領得到這麼多應該不是因為保費高，而是長期持續投保的緣故，所以價格上還算是落在平均值。」

一千五百萬圓，這個金額滿不上不下的。雖然還完債後還剩下一千萬，但未來母子兩人必須相依為命，這筆錢不見得能長期支撐她們的生活。如果小枝子是看上保險金而痛下殺手，應該會將保險換成更高金額的方案才對。考量到殺一個人的風險，尤其對象又是自己最親近的人，這筆金額未免也太少了。

但也可以換個想法，而坐在前方的麻生替犬養將這個想法說了出口。

「動機也有可能不在於死亡保險金的多寡，而是為了解決壓迫到生活費的開銷。少了每個月的醫療費用，家計負擔應該會輕鬆很多吧。」

即使兩人共同生活多年，只要沒辦法產生利潤，對家庭來說便形同不良債權。麻生的論調很現實，但也太不近人情了。

「就現況來看，成案的根據就只有法醫學教室送來的解剖報告。雖然我們很想拿到重要證人的供述證據……」

麻生話說到一半，視線便飄向犬養。那眼神是在對犬養說：你給我把自己發現的獵物叼回來。

反正犬養心知肚明，會議結束後麻生一定會命令他去找大地問話。不，就算麻生沒命令自己，他也打算要這麼做。既然如此他決定不多說什麼，自告奮勇也只是多此一舉。

「先不論是否有共犯，實際下手的兇手十之八九就是前面出現的那個醫生了。既然他選擇開車過去，可以推測他是住在首都圈的醫生。立刻整理出首都圈內的醫師名單，鎖定犯人身分。」

這個判斷也很正確，若想提高時間與人力的運用效率，將範圍縮限於首都圈內的確是明智之舉。

然而目前還潛藏著一些令人不安的因素。鄰居婦人表示那個人長得沒什麼特色，那麼像這樣一個個確認醫生的長相真的會有用嗎？

這份工作做久了，就會深深了解到人類的記憶有多麼不可靠，也能明白有些人的長相會深深烙印在腦海裡、有些人則是見過就忘。你向十個人詢問某個長相沒有特徵的人是什麼樣子，十個人的回答都會不一樣。收集到的證詞中，眉毛濃淡、嘴唇厚薄這種細節不一樣就算了，就連髮長、臉型這種大要素也不見得會一致。就是因為這樣，憑藉各種蒐集到的特徵拼湊而成的肖像畫，有時才會和本人差了十萬八千里。

犬養在演員養成班的期間，最有感觸的就是演一個沒有特徵的人有多困難。特徵越多的人演起來越容易，只要表現得夠誇大，就容易讓觀眾認識角色。但這個方法不適用於沒有特徵的角色，所以只有演技不成熟的人，或是想藉此嶄露頭角的演員，才會選擇這種特異的角色。

「總之我們必須多蒐集一些目擊證詞。再多跟附近的人打聽一下，然後調查馬籠小枝子的通聯紀錄，看看她這幾個月以來有沒有特別和誰聯繫。她的資產狀況也一樣繼續追查。」

如此一來搜查本部的方針就鎖定在小枝子跟神秘的醫生兩個方向上了。雖然要同時調查主犯與共犯，但目前的情況，偵辦重心自然是擺在小枝子身上。

「期待各位都能有所斬獲。解散。」

麻生宣告散會後，搜查員紛紛起身離開。而如犬養所預料的，麻生朝著他走了過來。

「看你這副表情，應該已經猜到我要下什麼指令吧？」

「雖然我不擅長對付女人跟小孩就是了。」

「別擔心，我會叫高千穗在一旁好好幫助你的。」

幫忙？我看是幫倒忙吧——犬養把這句話吞了回去。

「如果你能從他老婆口中問出黑暗醫生的聯絡方式，事情就能馬上解決了。」

黑暗醫生，還真會講。比起「穿著白衣的死神」，報紙搞不好更樂於採用黑暗醫生這個稱謂。

「另外我很在意小枝子在案發前兩天領二十萬出來這件事，不過畢竟只是我個人的臆測，所以剛才沒有提出來。」

「你認為是殺人的酬勞嗎？」

「既然對不上生活開銷跟醫療費的金額，就很有可能是酬勞。只不過金額太小了，我不覺得現在這個時代有誰會願意為了區區二十萬去殺人。」

「我也這麼認為。打從長相被委託者看到的那一刻起，背負的風險就會飆升。只拿二十萬真的是划不來的差事。」

「搞不好那筆錢只是訂金。」

也就是說，他們交易的方式可能是領到死亡保險金後再付清剩下的款項。

「所以才要繼續調查小枝子的資產嗎？」

「死亡保險金的受益人是小枝子，保險公司早晚會將一千五百萬匯進她的戶頭。關注那筆錢的動向搞不好會有什麼收獲。」

到底是想要排除掉礙事的人，還是只是單純想要錢呢？

無論如何，這起案子最後都不可能是圓滿的大結局。犬養心一沉，但並不是因為厭倦了弒親或是謀財害命的動機，而是想著大地在知道真相後會是什麼樣的心情。

犬養也有一名正在住院療養的女兒。雖然他跟老婆離婚之後也跟女兒分居兩地，彼此關係有些疏遠，但最近父女間的芥蒂終於慢慢消失了。因此，他似乎比以前更會顧慮孩子的心情了。如果孩子知道是自己的母親謀殺了父親，那對稚嫩的眼神恐怕會就此扭曲吧。

偵訊室裡，小枝子看起來忿恨難平。她表示警方不經同意便擅自解剖丈夫的遺體，所以完全無法信任警察。

「馬籠太太，雖然我們在你先生的遺體上動刀，但傷口現在也已經完全修復了呀。」

犬養的話一點安慰的效果都沒有。

「你這樣跟到別人家放火後，還說屋子裡沒值錢的東西有什麼兩樣？」

小枝子和在喪禮會場時一樣與犬養針鋒相對。

「葬、葬儀社的人好不容易才將他的身體清理得乾乾淨淨，你們竟然還拿刀子劃開，警察難道沒辦法理解我們家屬的心情嗎？因為一年到頭都在追捕兇惡的罪犯，所以就認定每個人的死都不單純嗎？」

「沒這回事。我們在正式偵辦之前會先確認有沒有案件的可能性。」

「我先生長年臥病在床後去世，光是這樣就已經帶給我和大地相當痛苦的回憶了，為什麼都到了最後的最後，還要在傷口上灑鹽？」

「因為大地的證詞和你提供的說法有點出入。聽說主治醫師卷代抵達府上的時間是十二點半前後，然而前一小時左右，卻有其他的醫生造訪府上。」

「那是大地記錯了。因為父親去世的打擊太大，才導致他記憶錯亂，而且，難不成你們警察真的會相信一個八歲孩子所說的話嗎？」

「這樣啊。那麼那位鄰居也是因為打擊太大才會導致記憶錯亂囉？附近鄰居的證詞和大地是一樣的呢。」

「鄰居說到底只是外人，怎麼可能清楚記得別人家有哪些人進進出出，像我就不怎麼關心附近發生的事情，應該說大多數人都不太在意吧。」

由於丈夫跟癌症奮鬥，必須不停花用儲蓄，而且獨生子又還小，光想到升學與養育費等問題，要不操心也難——站在小枝子的立場來想，她對鄰居的閒言閒語和紛爭抱持冷漠的態度，也是情非得已吧。

「的確有些人會對自己以外的人漠不關心，但監視器畫面可不會區分對象，無論是誰、發生了什麼事情，都會毫無偏見地完整記錄下來。」

「監視器？」

「雖然府上沒有安裝，但這條路上有間便利商店的監視器是朝著府上的。從那支監視器畫面，可以確認當天，也就是十月二日上午十一點二十分，府上門前停著一輛白色休旅車。你看，就是這台。」

犬養一面說、一面將一連串照片攤在小枝子面前。

「府上跟監視器雖然相隔超過五十公尺，但最近的數位解析技術實在不得了呢。畫面清楚捕捉到一對身穿白衣的男女從休旅車上走下來的畫面，不過很遺憾，這兩個人恰好背對鏡頭，沒辦法拍到長相。」

其實令人遺憾的還有一件事。那支監視器的拍攝角度是從斜上方往下拍攝，所以就算能判別行經車輛的車種，也無法拍下清晰的車牌號碼。

「二十分鐘後，他們離開府上，之後到了十二點半，這次是卷代醫師來了。也就是說，監視器拍到的畫面印證了附近鄰居與大地的證詞。至於司法解剖的部分，我們從你先生的血液中檢測出一般情況下不可能出現的超高鉀離子濃度。」

犬養連珠砲般說完，不給小枝子任何反駁的餘地。而小枝子的視線則是固定在桌上，整個人一動也不動。

「高濃度的氯化鉀會傷害心肌，最後導致心臟停止跳動，可是乍看之下只會像心臟衰竭。你之所以會那麼強烈地反對解剖，難道不就是因為擔心這個事實曝光嗎？沒錯，一開始來的那名醫生對你先生做了什麼，你其實心裡一清二楚。」

「不是這樣的。」

小枝子好不容易擠出了一句話，但她講得口齒不清，也有氣無力。

「案發前兩天，你從銀行領了二十萬。那二十萬跑哪去了？用來支付殺害自己丈夫委託的訂金嗎？」

「不，那是——」

「大地清楚地記得第一次出現的醫生跟女性護理師喔。說他年紀還小所以記憶模糊可就不對了，而且那一天又是父親過世的日子，一般來說特殊日子的記憶應該會比其他時候更鮮明才對。馬籠太太，請你把頭抬起來。」

小枝子靜靜地抬起頭，臉上沾染了恐懼與不安的色彩。

「先不論理由為何，讓你決定送相處多年的丈夫離開，而且似乎認為有辦法瞞著大地一輩子，實際上卻不是這麼一回事。大地是個聰明的孩子，無論你再怎麼隱瞞，紙終究是包不住火。你有沒有想過真相曝光的那天，大地會是什麼樣的心情？」

犬養一說出大地的名字，小枝子便開始微微顫抖。牢固的心防崩解，原先被封住的情感也開始潰堤。

犬養用了禁招，藉由小孩來說服小枝子。雖然這種方法既不成熟又老套，但對一個母親來說仍然是最有效的方法。

「被隱藏的悲劇只會種下災厄的禍根。相關的人一旦知道事實，心靈很容易就會扭曲。即使大地的人生就此步入歧途，你也無所謂嗎？」

這並非單純的偵訊手段，而是同樣為人父母的犬養近乎祈求般的提問。因為犬養相信，一個人即使欺瞞了全世界，也會誠實面對自己的孩子，這是身為父母最低限度的義務。

情感滿溢的小枝子露出了一副似笑非笑的表情，接著便發出野獸般的嚎叫。

「嗚哇啊啊啊、嗚哇、嗚哇啊啊啊」

犬養花了幾秒才認知到她在哭泣。如果她哭個不停可沒辦法繼續偵訊，所以犬養稍微前傾了身子，打算重新開啟話題，不過一旁的明日香卻制止了他。

明日香的眼神告訴他，先讓小枝子哭一會。原來如此，要他好好體察女人心就對了。

犬養默默看著明日香安撫小枝子。過了一陣子，小枝子的哭聲漸漸轉小，然後平息了下來。

她肯定在短時間內把能流的淚都榨乾了。小枝子雙眼哭得紅腫，但同時看起來也擺脫了什麼束縛，沒有剛才那麼緊張了。

犬養確信，得手了。一旦嫌疑人露出這種眼神，就代表已經掙脫枷鎖，也明白吐露越多心聲，自己就會更加輕鬆。

「那一天，在卷代醫師之前還有另一個醫生到府上沒錯吧？」

犬養稍微放輕語調，而小枝子簡直就像是變了個人似地正面回應。

「我拜託那位醫生，讓我先生解脫。」

「他注射了氯化鉀製劑是不是？」

「我不清楚他用了什麼藥，他只說明那種方式可以讓人在睡著的狀況下，毫無痛楚地離開。」

「你當時有在旁邊親眼看他施打嗎？」

「沒有。護理師從包包裡拿出針筒後，就叫我帶著大地離開房間。我自己也不忍心看到他們動手的瞬間，所以和大地一起離開了。」

「請告訴我那個醫生的名字。」

「Doctor Death。」

「你說什麼？」

犬養下意識反問。

「Doctor Death……我只知道要這麼稱呼他。」

「那個醫生是日本人吧？馬籠太太，你有沒有清楚看見那個男人的臉？」

「有聊了幾句，也看得出來是日本人。只是當時的情況也沒辦法深入過問那個人究竟是什麼來歷。不過，這肯定不會是本名吧。」

狀況變得越來越詭譎了。

別慌，當務之急是問出殺害過程的細節。

「他們把你跟大地趕出房間後……之後發生了什麼事？」

「後來醫生又叫我過去，進房間一看，我先生的表情十分安詳。我真的很久沒看到他睡得那麼安穩了。看到那個樣子，我整個人突然放鬆下來……一直盯著我先生的臉看，看得入迷，所以沒怎麼注意醫生的模樣。醫生只說再過一陣子我先生的呼吸就會越來越淺，最後停止，到時候記得聯絡主治醫師來確認死亡。然後他收下現金二十萬便離開了。」

「在那之後，Doctor Death 還有聯絡過你嗎？」

「沒有。他協助我先生往生後就什麼消息也沒有了。這也是一開始就講好的約定。」

「可是應該還有剩下的款項要支付吧？」
「沒有，我只有付二十萬當作謝禮，二十萬就是對方要求的全額費用了。」
小枝子的聲音聽起來氣力放盡，簡直像從某處滲漏的空氣。
「過了幾分鐘後，我先生的呼吸越來越微弱，然後靜靜地嚥下了最後一口氣。我當時想，啊，這就是所謂的安樂死啊。我照著 Doctor Death 的指示，請主治醫師卷代過來確認死亡。」
「那個自稱 Doctor Death 的醫生長什麼樣子？」
「我……我明明和他多少交談了幾句，但實在沒什麼印象，只記得他禿頭，身高不高而已。」
禿頭、身高不高，和大地的證詞相符，至於沒什麼顯眼的特徵這一點也一樣。
「有沒有他的電話號碼或聯絡地址？」
「我也……不曉得。」
「別開玩笑了。名字、電話號碼、聯絡地址沒一個知道，然後你還把二十萬交給這種來路不明的人，請他幫你殺了自己的丈夫嗎？」
「他有一個網站。」
「網站？」
「我為了支付住院費和醫療費把存款全領出來了，但先生的狀況還是完全沒有好轉的跡象。

身上債務越來越多，對未來也更加徬徨不安，就在這個時候，我上網搜尋有沒有什麼貸款利率更低的管道，結果就發現打著『安樂死 到府服務』口號的網站……那個網站的名稱叫作『Doctor Death 的往診室』。」

這種東西怎麼想都不會是正當的醫療機構，肯定是從事非法勾當的網站。

「你難道不覺得可疑嗎？」

「我當時已經走投無路了，可是點開網站一看內容，發現他們索取的報酬並不高，只要現場支付二十萬就可以完成交易，而且還表示過往已經有不少成功案例，絕對不會讓患者感到一絲苦痛。」

「所以你都是透過那個網站跟對方聯絡嗎？」

「對。網站上有一張聯絡表單，可以填上想進行安樂死的人的病歷和聯絡人信箱。填完送出後沒多久就收到回覆了，他問我患者本人是否同意進行安樂死、是否絕不後悔進行安樂死，只要允諾那些條件，契約就算成立了。」

本人的同意。說得也是，這才是最重要的事情。

「所以你先生同意了嗎？」

「當然。」

小枝子忿忿地盯著犬養。

「我讓先生看了網站的注意事項，可能是因為比起我，生病的當事人對於病情的感受更深刻，所以他主動提出想要進行安樂死，我也就答應了。」

「你們應該知道這是違法的吧？」

「我們很久以前就調查過安樂死的相關內容，如果日本將安樂死合法化，我先生和我哪需要面對這種抉擇。」

每說出一句話，小枝子的表情就越來越溫和。但這和犬養一開始所料想的原因不一樣。

「所謂的違法行為，就是因為法律不承認才構成違法的沒錯吧？可是那又怎麼樣？我們夫妻倆一直忍受痛苦，奮戰不懈。每天不斷消耗金錢跟體力，也磨損了精神，沒有一天能放鬆下來，兩個人都已經快超出負荷了。我是不清楚你們刑警是怎麼看待那名醫生的，也不知道法律會怎麼制裁我，但我真的很高興能讓先生安安穩穩地離開人世，我相信他也跟我抱持著一樣的想法。你們肯定沒辦法理解，不必受苦是多麼幸福的一件事情吧？我們好不容易才從痛苦中解脫，對Doctor Death的感謝一輩子都感謝不完。」

整理完筆錄後，犬養馬上點開那座網站。如小枝子所說，輸入「Doctor Death的往診室」後，確實就找到了那個網站。但出乎意料的是，網站的背景色是暖色系，非常現代，沒有使用奇怪的顏色或字型來強調特定文字，整體內容平鋪直敘。

「本網站管理者繼承了推廣積極安樂死之傑克・凱沃基安（Jack Kevorkian）醫師的遺志，

故對積極安樂死持否定意見的訪客，可盡速離開本網站。

傑克・凱沃基安是一名擁有『Doctor Death』綽號的病理學家，直譯的意涵就是死亡醫生。本站管理員對於死亡採取積極認同的態度，且自認因襲傑克醫師的理念，故連帶繼承『Doctor Death』的名號。

您是否因所愛之人病入膏肓感到苦惱？是否因醫師作出了令人絕望的診斷，在經濟上、精神上都已經窮途末路，日復一日茹苦含辛？您是否曾經想過要選擇尊嚴死？

尊嚴死（這裡定義為基於患者本人意願，協助進行自殺的積極安樂死）在部分國家已經有條件地合法化，如瑞士、荷蘭、比利時、盧森堡、以及美國部分州份。這股潮流至今仍未停歇，竊以為未來將會有更多國家將此合法化，因為依自主意思來替自己的人生謝幕乃天賦人權。前述列舉的國家之所以將尊嚴死合法化，正是因為尊重每一個人「死的權利」。由於目前國家的醫療體制以及對社會現況的認知都沒有跟上世界的潮流，我們才無法行使本該受到保障的權利，受制於重視醫療費用的醫院與食古不化的法律。

Doctor Death 並不以營利為目的，而是為了倡導「死的權利」，致力於推行積極安樂死。

Doctor Death 向您保證，一定能讓您珍視的人在毫無苦痛的狀況下安詳離世。費用或許稍嫌昂貴，然該金額為實行安樂死所需的實際成本，具體上包含藥劑與器材等必要支出。當然，Doctor Death 在資訊保密管理方面天衣無縫，且過往已經實行過多次安樂死，還請各位不必擔心。

若比起法律、比起社會眼光，您更重視您身邊的那個人，歡迎隨時聯絡。」

「鬼扯。」

犬養身後的麻生看完網站內容後詬罵了一聲。

「雖然描述方式親切近人，但實質上就是在慫恿他人進行加工自殺而已不是嗎？」

明日香也持相同意見。

「文案寫得倒是很動聽，重視血親更勝法律與社會眼光也是天經地義的事情，他就是看準了這一點，這麼一來大家也會認為尋求安樂死是正當的權利了……不過在日本，安樂死真的違法嗎？」

「與其說是違法，應該說是沒有正式承認安樂死的法條。」

犬養兩手交叉抱頭，仰頭望向天花板。

「可是，過去也有安樂死的相關訴訟吧？」

「東海大學安樂死事件，平成七年橫濱地方法院的判決。」

就是前幾天藏間副教授提到的事件。

「即使安樂死的目的在於免除患者的痛苦，只要沒有法律條文認定，就只是單純的殺人行為。再怎麼善意看待，頂多還是受囑託殺人。」

但即便沒有條文，只要違法性遭到否認，就能避免有罪判決。那起訴訟中，橫濱地方法院提出的阻卻違法事由包含以下四點——

一　患者生理上承受著無以復加的激烈難耐肉體痛苦。

二　患者病情無好轉希望，已在瀕臨死亡關頭。

三　已用盡辦法試圖除去、減緩患者肉體之苦痛，再無其他可代替之手段。

四　患者依自主意思表示願意縮減壽命、要求即刻死亡。

如果套用在馬籠健一的例子上，那麼就會牽扯到第二和第三點。但無論如何，Doctor Death仍明顯會遭判有罪。

「當時那場官司的最終判決是怎樣？」

「由於該患者處於昏睡狀態，無法自主表達意思，所以被告獲判有罪，處有期徒刑兩年，緩刑兩年。」

其實只要稍微想一下就能明白，只有極少情況會符合橫濱地方法院提出的四點事由。罹患絕症，面臨「沒有其他代替手段」、「瀕臨死亡關頭」、「患者依自主意思表示願意」、「要求即刻死亡」，這種情況並非隨處可見。

「可是，為什麼會有歐美國家承認安樂死呢？」

「其中一點是基督教文化圈認為每個人有權利決定自己的人生走向，就像網站上提到的，他們尊重選擇死亡的權利。雖然教義上禁止自殺，但他們也認為進行無意義的治療，對當事人來說只是變相的折磨與拷問而已。」

「所以 Doctor Death 的主張也不是全無道理囉？」

犬養並沒有馬上回答。無論理由聽起來再怎麼正當，只要不被法律認可，那就只是犯罪行為，被告也必須受到懲罰——明明是如此簡明扼要的原則，為什麼他卻無法輕易說出口呢？

「還有一件更讓我在意的事。」

一直盯著網站看的麻生喃喃自語。看樣子他也注意到了。

「網站的造訪人次目前超過了兩千人。我很在意內文提到他過去實行過好幾次安樂死這個部分。這次馬籠健一的案子是因為有他兒子的證詞才會被揭發，但如果這上面寫的都是事實，就代表之前已經有很多人在警察與社會都毫無察覺的情況下進行了積極安樂死。」

麻生不安地看向犬養與明日香。

「這次的事件，只不過是冰山一角罷了。」

3

殺害馬籠健一只不過是冰山一角——倘若麻生的推斷真是事實，那麼Doctor Death就是有史以來極其罕見的連續殺人犯。

「先不論他是不是過去接到的每一次委託都有確實執行，總之我們不能放任這號危險人物為非作歹。一定要在這個黑暗醫生實行下一次安樂死之前將他抓起來。」

麻生的語氣透露出他對Doctor Death的厭惡。

「管他是不是當事人或家屬要求，這個實際動手的傢伙就只是個以殺人為樂的渾蛋。」

聽了麻生的話，對於安樂死的違法性尚且存疑的明日香插嘴：

「可是班長，假設他還犯下了其他案子，那些也全都是受囑託殺人不是嗎？」

「和那個沒關係，我看不慣的是他的手法。」

「手法？」

「把聯絡控制在最低限度，抵達現場便迅速注射毒藥。現金到手後馬上像風一樣消失得無影無蹤。哼，和拿錢辦事的殺手如出一轍。這傢伙幹的根本算不上是醫療行為，就只是無法無天的殺人買賣。而且我也對二十萬這個金額很感冒。」

「二十萬又哪裡不對了？」

「雖然不知道他這二十萬是根據什麼訂出的價格，但我實在無法理解有人會為了這點蠅頭小利就動手殺人。」

麻生的意見乍聽之下偏離了核心，但跟他共事多年的犬養卻能理解他的意思。

安樂死的費用只收二十萬確實太過便宜，根本是跳樓大拍賣，然而他還是有妥善履行契約內容，就代表背後其實沒有牽扯到金錢利益。

殺人的費用只是障眼法。

Doctor Death 純粹是在享受殺人的樂趣，這才是麻生的言外之意。

「我看恐怕要跟課長報告，把網路那邊的人也拉進搜查本部囉。」

警視廳內已經建立這起案子的搜查本部，但假設小枝子的口供屬實，Doctor Death 除了馬籠健一之外還犯下了其他多起案子的話，警方勢必得優先挖出他所犯下的其他罪行。其他罪行的多寡，將決定搜查本部的規模該擴展到什麼程度。

將網路犯罪對策課納入偵查陣容以找出網站管理員的藏身之處，就辦案角度來看，這個決斷真是再正確不過，只是真的能這麼輕鬆就找到人嗎？犬養十分懷疑。如果靠這種簡單的追蹤就能捉住犯人的狐狸尾巴，那麼他過去就不會這麼輕易地成功執行安樂死了。

「我先去問問他們的意見再說，所幸那邊也有我認識的人。」

犬養轉身離開房間，麻生並未刻意阻止。看樣子他早就猜到自己會先他一步去找人了，犬養忍不住在心裡酸了幾句。

網路犯罪對策課隸屬於生活安全部，犬養還是頭一次走到這一樓，內部的擺設和一課的刑警辦公室完全不一樣。每個人的桌上都理所當然地擺了電腦與相關機器，每一名盯著螢幕的搜查員與其說是刑警，看起來更像技術人員。這裡聽不見粗俗的怒吼和斥責，取而代之的是輕聲迴盪的電子零件高頻率以及敲打鍵盤的聲響。明日香似乎也是第一次進來這裡，一臉好奇地東張西望。

「搜一的犬養會來這裡還真是稀奇呢。」

出來迎接兩人的是之前辦案時認識的三雲班長。

「我還以為你只對活人有興趣，對網路科技什麼的沒什麼興趣呢。」

「因為那不過就是個虛擬空間罷了，人與人之間交換的話語感覺起來都像是謊言不是嗎？這種情況對我實在太不利了。」

「你那是老頭子的偏激論調，在網路世界中確實會受到匿名性的保護，所以有不少人站在不用負責的立場留下一連串不負責任的評論，但也正是因為這種匿名性，人才能吐露真正的內心話。現在不是還有那種特別在網路上發布犯罪聲明的笨蛋嗎？實際上把人給逮回來後，幾乎都是看了敗興的縮頭烏龜呢。」

三雲露出苦笑。這也難怪，犬養曾辦過跟網路有關的案子，也偵訊過幾名嫌疑人，發現他們的共通點在於腦袋十分清楚，但缺乏社會性。明明在網路上趾高氣昂、伶牙俐齒，但一走入現實社會，不但行為退化得跟幼兒一樣，辯解時也變得語無倫次。換句話說，三雲他們根本就是在架空的世界中與虛構的人格進行搏鬥。

「起碼一直有事情可以做就好。」

「託你們的福啊。畢竟跟蹤狂還有金融犯罪者的行動舞台已經從現實世界移往網路空間了，所以就算我們現在有這麼多人，還是有點忙不過來呢。」

真是匪夷所思，犬養心想。如果壞人都轉而投入網路犯罪，那麼搜查一課和二課應該可以更清閒一點才是，但他們就連國定假日都忙到天昏地暗，又是怎麼回事呢？

「今天過來是為了先前提到的『Doctor Death 的往診室』嗎？」

「我們班長正計畫要把網路犯罪對策課整個拖下水呢。」

「要拖我們進來是無所謂，但看起來這邊也提供不了多少幫助。剛才聽津村課長說了案子的情況，所以我們稍微調查了一下那個網站。先從結論開始說吧，Doctor Death 非常狡詐，明明文字內容給人的感覺既真摯又狂熱，本人卻十分謹慎，一點也沒露出馬腳。」

三雲領著兩人來到他的座位，用電腦開啟那個問題網站。

「『往診室』上線的時間算來算去也才兩年，現階段點閱人數有兩千零四十五人，並不算多。不過啊，網站本身就沒有取什麼吸引人點進來看的釣魚標題，要說這是理所當然倒也無可厚非。」

對網路沒什麼興趣的犬養，無法判斷兩年內的點閱人數兩千零四十五到底是多是少。不過他可不希望有一堆人造訪這個危險的網站。

「從字裡行間就可以看出，網站管理員不是抱著半開玩笑的心態在徵求想要安樂死的人。他早就知道這件事情違法，所以利用了多個海外伺服器，讓人無法從網址反追蹤回來源ＩＰ。一般來說，我們只要仔細循著存取紀錄檔就能夠追溯來源ＩＰ，但這個Doctor Death卻竄改了中途的紀錄檔。要是昨天或今天才這麼做的倒還不好說，如果他從兩年前就這麼幹的話，代表他對網路相當熟悉。」

「但他確實有和幾位訪客持續聯絡吧？」

「只要填好聯絡表單送出，管理員就會回覆。我們從你們扣回來的那台馬籠小枝子的電腦中調出了所有通聯紀錄，也找出了Doctor Death的信箱，只是這個信箱也跟我剛才說的理由一樣，沒辦法鎖定ＩＰ位址。」

「有辦法抓出安樂死顧客的資料嗎？」

「沒辦法，這些東西都在對方的黑盒子裡。」

犬養在內心嘖了一聲。只要有辦法調出過去顧客的資訊，就能獲得Doctor Death更詳細的目擊情報，甚至還有可能推測出接下來要施行安樂死的對象。

「不過我們有查出留言訪客的信箱位址，所以就把最近有留言的人挑出來列了一份名單。」

三雲邊說、邊將名單列印出來交給犬養。

「我個人是覺得這樣一個個印下來很麻煩啦，畢竟你也知道我們這種部門，資訊交換上總是有些繁瑣的規定。」

「不會，我也算是個類比時代的古人，印下來這種方式感覺還是比較踏實。」

「老是說這些落伍的話，小心馬上就要被淘汰囉。」

三雲大概是在開玩笑，但玩笑中又不乏一點真理。現在越來越少人在辦案時會像自己一樣，親自和嫌疑犯對峙並拆穿謊言，查出真相。甚至也有一些管理官擺明說了，現代辦案的關鍵在於透過犯罪剖繪與科學辦案所獲得的證據。

然而像這次幾乎沒留下任何物證的犯人，他們到底打算怎麼對付呢？

三雲製作的名單是依照留言新舊順序來排序的。

犬養瀏覽過去，發現留言內容真是千奇百怪。

有人來這邊冷嘲熱諷、謾罵；有人站在懷疑安樂死的立場批判管理員；有人雖然持肯定態度，但也告誡管理員這種違法行為有悖人倫。整體來看，內容較長的留言都滿正經的。仔細想想這也是理所當然，越惡毒的話，自然會越精簡。

「話又說回來，怎麼會想到要調查留言的人？這些人如果沒有委託 Doctor Death 安樂死，不就只是來湊熱鬧的而已嗎？」

不明所以的明日香，一臉不以為然的樣子。雖然一一解釋很麻煩，但總不能不告訴搭檔偵查的目的。

「就算是湊熱鬧也是有分等級的，只是單純來謾罵而被忽視的人、寫了一大堆內容批判但同樣被忽視的人、接受 Doctor Death 勸誘而填表申請的人，還有雖然填了表格，但最後沒有達成共識的人。」

「……雖然沒有實行安樂死，但曾經和 Doctor Death 聯絡的人，搞不好其中有些人還曾經跟他見過面……」

「沒錯。就算再怎麼渴望死亡，畢竟是要奪走一個人的性命，我不覺得所有跟他聯絡的人都有協助殺人，部分的人很可能在中途就打消了念頭。」

一旦理解狀況後，明日香行動起來就迅速多了。兩人開始挑出對 Doctor Death 提倡的積極安樂死表示認同的留言，另外還多了一項附帶作業，如果當事人的至親在當事人造訪過網站之後死亡的話，調查優先順序就得提高。

開始過濾留言者名單後的第二天，犬養和明日香拋出的魚餌成功地釣上了增渕耕平。

您好，我們是警察，目前正在調查一名被稱為 Doctor Death 的人物——犬養在電話裡頭這麼說，結果增渕馬上不打自招了。

『對不起，我一度想過要拜託那名醫生幫我女兒進行安樂死。』

「你有跟 Doctor Death 當面交談過嗎？」

『當面是沒有，只有幾次電子郵件往返。』

經調查戶籍後發現，增渕的長女桐乃是在他造訪網站的半年後去世的。

犬養表示想要進一步了解情況，而增渕表示去哪裡都好，只要不是警察局。所以犬養決定親自前往增渕家，因為他認為在對方家裡最方便交談。

增渕家位於市原市，實際見了面才知道，增渕是名五十多歲，無精打采的男子。房舍是建成已久的所有權住宅，現在只有增渕一個人住。

「妻子和女兒得了相同的病，很早就過世了。」

犬養馬上想到遺傳性疾病的可能。

「你聽過全身性紅斑性狼瘡嗎？」

「抱歉，我孤陋寡聞……」

「那種病會讓體內的免疫系統破壞自己的細胞和組織，特徵是全身會冒出斑點狀的紅疹，嚴重的話甚至會造成多重器官衰竭。這種病症大多發生於同一家人身上，所以也有人懷疑是不是遺傳性疾病。」

因為生病的是自己的孩子，想必也做過不少功課，增渕的說明十分淺顯易懂。

「這種病似乎較常發生在年輕女孩身上，但根本病因還不清楚的樣子。」

根本病因不明，就代表還沒找到根治的方法。

「雖然聽說有越來越多患者在初期就發現病症，及早進行治療並成功康復……但桐乃發現的時候已經太遲了。」

「如果是和夫人同樣的病，不是應該很早就能發現嗎？」

犬養話一說完，便被身旁的明日香用手肘頂了一下側腹，大概是叫他要對失去女兒的父親多點同理心吧。可是犬養同樣有一名生病的女兒，所以他不得不問。

「聽你這麼說，我確實是很丟人呢。雖然聽起來可能很像是在辯解，不過當時桐乃獨自在外生活，所以我也顧不到她的狀況。」

「不過她本人應該有自覺症狀吧？」

「她當時剛步入社會，工作上有很多要操煩的事情，所以沒什麼多餘的心思去想這個。她本人以為會起疹子只是因為被蟲咬，或是疲勞、不習慣工作的關係，我想也有部分心態是想否定自己會跟母親得了同樣的病吧。」

增渕的話中滿是懊悔。

「過了一陣子她發現狀況好像不是出於單純的疲勞，才去了醫院。確診之後馬上就住院進行治療了。症狀一天天惡化，腎臟和肋膜也開始發炎，一天到晚疼痛難耐，痛到失去意識的情況也越來越多。原本開朗的一個孩子，卻變得成天愁眉苦臉的。」

雖然是自己開的話題，但犬養越聽越難受。他將自己和女兒沙耶香代入增渕與桐乃的情境了。

沒錯，難保沙耶香哪天不會走上跟桐乃一樣的路，眼前頹喪的增渕，搞不好就是自己未來的模樣。

「可能又加上憂鬱的關係，從那時候開始，桐乃就一直喊著想死，想要平靜地死掉。她當然會這麼想，全身性紅斑性狼瘡可是國家認定的特殊疾病，像桐乃這樣已經惡化到一定程度後，想要痊癒或減緩症狀都不大可能了。她每天都在跟劇烈的疼痛與絕望交戰。」

增渕的聲音稍微激動了起來。或許是隱忍至今的感情終於開始噴發。

「她才二十出頭，肯定也擁有一般女孩該有的夢想與希望，可是這些全被疾病無情地抹煞，未來只剩下痛苦而已。這樣子我怎麼可能責備女兒有尋死的念頭呢？而且醫藥費也是個不小的問題。」

犬養反射性地點頭。雖然他放棄了沙耶香的親權，但還是自認多少有父親的責任，所以由他負責支付醫藥費。他並不打算發牢騷，只不過每個月這樣花下來絕對不是個小問題，這點他感同身受。

「雖然特殊疾病也有特別的醫療費用補助，但補助終究是補助，我最多自行負擔到三萬就已經是極限了。而且每個禮拜大大小小的檢查都還要另外收費，我就是在那種狀況下，發現了『Doctor Death 的往診室』。」

「你當時是搜尋安樂死嗎？」

「對。我輸入關鍵字『安樂死』搜尋，馬上就找到那個網站了。報酬只收二十萬是很便宜沒錯，但最吸引人的是他認為人類有自主選擇死亡的權利，還有相信 Doctor Death 的話，保證能帶給委託者毫無痛苦的安詳死亡，主要就是這兩點。安詳且沒有痛苦的死亡，不是被安寧療護放棄的病患和家屬，根本不會理解那到底有多大的魅力。」

犬養也查過安寧療護，所以還算是有點基本認知。簡單來說，對於被宣告時日所剩不多的患者，將會停止單純延續生命的治療方式。也就是說，會讓患者緩緩等待死亡到來。相對於 Doctor Death 提倡的積極安樂死，這種方法或許可稱為消極的安樂死。

日本對安寧療護的關注始於平成十八年於富山某醫院所爆發的事件。該院主治醫師經家屬同意，摘除與疾病對抗長達五年的七名病症末期患者身上的人工呼吸器，導致患者死亡。然而院方卻以患者本人意思不明瞭、未與其他醫師討論確認等程序上的問題為由，向警方通報。

事件一經媒體報導，也讓日本社會更加關注安寧療護，要求政府制定延命治療判停準則的聲浪也越來越大。

於是厚生勞動省於平成十九年公布了《安寧療護決策相關之準則》。

「不過你說被放棄是怎麼一回事？」

「安寧療護準則裡只列了程序上的規範，並沒有講清楚什麼病出現什麼樣的症狀才算進入末期，還明文表示全權交由醫療團隊判斷。一般對末期病患的認知是預期生命只剩幾個禮拜，最多不超過六個月的情況，可是身處現實第一線的醫生，真的會去定義這件事情嗎？」

犬養心想，實際上應該很難吧。就他個人數次走訪醫療現場的經驗，他也知道臨床醫師將拯救與延續患者生命的行動奉為圭臬，傾盡自己的醫療技術來進行延命治療，認為這才是醫療的使命。另一方面如果真要定義何謂末期，只要準則本身沒有明確規定，那麼停止延命治療就有可能觸法，所以醫生會想要迴避安寧療護也是人之常情。

而背後的問題，不外乎末期病患的延命治療費用居高不下。患者本人也許會因為特殊疾病醫療補助等保險制度而稍微減輕負擔，但站在醫院的角度來看，只要不斷採用最新技術進行延命治療，醫療收入就會直線攀升，所以也不難想像經營方打死也不肯停止無效延命治療的心態。

「我們無法期待安寧療護在醫療現場落實，所以才被 Doctor Death 的話給吸引。也許你們會覺得我是在狡辯，但其實就這件事來說，桐乃比我更感興趣。」

「所以你就跟他聯絡了……你們在郵件中談了些什麼？」

「他先詢問我的個人資料跟桐乃詳細的病情，然後問我們有沒有認真思考過積極安樂死，還有我們能不能保證簽約後保密。」

「這些信還留著嗎？」

「沒有，我刪掉了。那種東西怎麼可能當寶一樣供著，而且 Doctor Death 也要我刪掉紀錄。」

算他謹慎。不過不是問題，刪掉的信件事後依然有辦法恢復，只要拜託三雲，他三兩下就能搞定吧。

「對方確認過委託者的意願後，就進入實行階段了吧？」

「不，這我不清楚。因為我們並沒有完成簽約。」

「可是桐乃小姐不是在那半年之後過世了嗎？」

「……那不是因為 Doctor Death 經手的安樂死。」

犬養與明日香面面相覷。

「原本要先讓桐乃出院，回到家裡再進行安樂死。不過就在執行前，桐乃的病情突然惡化，雖然動了緊急手術……但最後還是沒辦法。醫生也回天乏術，桐乃就這麼在手術台上停止了呼吸。」

「確定是手術中嗎？會不會是因為 Doctor Death 跑到病房施行安樂死之後病情才突然惡化的？」

「那間病房裡面有安裝監視器，我想他應該不會冒這麼大的險。再說了，他如果真的有實行安樂死，理當會跟我這個找他商量的人說一聲才對。」

「可是沒有證據顯示他完全沒有插手。」

「也沒有證據顯示他有插手。醫院開出的死亡證明上，直接死因是寫心肌炎。」

「以他的技術，有沒有可能掩飾真正的死因呢？」

「或許吧，但現在也無從確認，桐乃早就已經火化了。」

犬養在心中暗罵了一聲。

「在那之後你跟 Doctor Death 還有聯絡嗎？」

「有，我告訴他桐乃突然過世了，他體貼地表示遺憾，並告訴我未來就不必再聯絡了。」

「表示遺憾……聽起來真偽善。」

一直沉默不語的明日香似乎再也忍不住似地插嘴。

「Doctor Death 起初也打算殺害桐乃小姐吧。可是人家真的過世的時候竟然在那邊表示遺憾……」

「不，他說的話既不是諷刺也不是單純的客氣。我自己也後悔得不得了，要是能早一點下定決心進行安樂死的話就好了。」

「怎麼這麼說？」

「桐乃病情急轉直下的樣子，你要我怎麼看得下去！她又痛、又難受，緊緊抓著我哀求我殺了她。然而無論是我還是主治醫師都束手無策，她一直到最後一刻都深陷痛苦與絕望之中。早知道她會受那種罪，我就該早一點進行安樂死的。為什麼、為什麼我不再早一點……」

增渕雙手摀面。

哽咽的聲音從指間縫隙滲出。

看到他這個樣子，犬養也說不出什麼了。失去女兒的父親會是什麼心情，他再清楚不過，當然也能理解如果怎麼樣也救不回這條命，起碼也要讓她安息的心情。

即便離開增渕家，犬養依舊心如亂麻。

假借安樂死之名行享受殺人之實——從麻生那裡聽到這個想法時，犬養也心有戚戚焉。可是見到未能讓女兒安樂死而後悔的增渕後，他的想法也開始轉變。

Doctor Death 真的只是一個單純的殺人享樂者嗎？還是其實就如馬籠小枝子和增渕所說的，其實他是安寧療護背後的推手呢？

「不過還真可惜啊。」

明日香完全不顧犬養的心情，失望地說。

「雖然我不是全面否定父親的證詞，但如果桐乃小姐的遺體和馬籠健一的案子一樣還沒火化的話，搞不好事情就會朝不同的方向發展也說不定呢。」

「最大的問題就出在這。」

「咦？」

「搜查本部擬定追查 Doctor Death 其他罪行的方針是沒有錯的，但那些發生在馬籠健一之前的案子，最重要的物證，也就是屍體都已經化成灰了。就算 Doctor Death 出面自首，也幾乎舉不出任何證據證明那些罪行確有其事。」

「那我們該怎麼辦？」

犬養沒有回答，但是他有個腹案。

如果沒辦法追查過去的事件，就只好守著將來可能發生的事件了。

這個想法猶如惡魔的呢喃，充滿魅力，且危險無比。

回到刑警辦公室，麻生垮著一張臉等他們兩個回來。

「看你們一臉吃癟的樣子。」

犬養瞥了明日香一眼，感覺她馬上就要回嗆麻生「班長也半斤八兩」，於是輕輕用手肘頂了一下她的側腹，這也算是小小回敬剛才她對自己做的事情。

反正不回報狀況也沒辦法走人，犬養便把增渕所說的內容一五一十地告訴麻生。如犬養所料，麻生眉間的皺紋摺得更深了。

「都跑到千葉郊外去了還沒什麼收穫啊。」

「也不是完全沒有收穫，我們跟增渕先生借了電腦回來，這麼一來就可以復原他跟 Doctor Death 的通聯紀錄了。」

雖然明日香出言抗辯，可是麻生連眉毛都不抽一下。

「就算復原了，也會因為中途經過太多海外伺服器的關係，找不到那傢伙信箱的ＩＰ位址吧？剛才網路犯罪對策課的三雲才仔細地跟我上了一課呢。」

犬養雖然沒有打算替明日香撐腰，不過自己也有事情想確認。

「別動隊應該已經跟各醫療機構確認過 Doctor Death 的事情了吧，結果如何？」

「我看你們想氣死我就是了。」

麻生一副馬上就要衝過來揍人的模樣。

「現階段是落空了。北至北海道、南到沖繩，他們跟所有知名的國立醫院，甚至是民間醫療機構都要來了醫師名冊。由於對外公開的醫師名冊幾乎都沒有附照片，所以只能直接拿每個機構自己內部的名冊來看。雖然有讓馬籠小枝子和那孩子確認那些照片了，但還沒找到疑似是 Doctor Death 的人。」

「明明還沒完全結束，聽你講的好像希望渺茫呢。」

「哼。我看你老早就已經猜到會這樣了吧。在職醫師根本不可能大大方方去見要進行安樂死的患者。Doctor Death 不是無照醫師，就是完完全全的外行人，他旁邊的護理師十之八九也一樣。」

「真的是這樣嗎。」

「有辦法舉出反證嗎？」

「注射的痕跡。我聽組織犯罪對策部的友人說過，是醫療從業者還是外行人，光從打針的方式都看得出天差地別。除了消毒與否，好像連針頭插入靜脈的角度都是固定的，所以熟練的醫療人員打完針後，痕跡消得很快，但外行人的話手法就拙劣得多了，聽說就算過了很久還是會留下清楚的痕跡。然而，馬籠健一的情況是 **Doctor Death** 注射完氯化鉀製劑後沒多久，卷代醫師就連忙趕見了，假使是外行人幹的，卷代醫生難道不會對注射痕跡產生疑問嗎？」

「……關於這點恐怕要再問問卷代醫師，但我的想法還是不變，犯人就是個想要玩醫生遊戲的外行人。只要經驗夠多，打針技巧也會變好吧。」

「班長對犯人的形象有什麼見解？」

「一樣認為是個享受殺人的混帳，現在還覺得他是個狂熱信徒。」

犬養聽到麻生如此不屑，突然想起一件事。麻生這個人特別厭惡那些執信可疑宗教的人，討厭的程度僅次於罪犯。

「看網頁上的內容就知道了。這個黑暗醫生瘋狂信奉真正的 **Doctor Death**，也就是傑克・凱沃基安。沉醉於他的主張、崇拜他，並且想要化身成他。從這個人自稱 **Doctor Death** 也能看出這一點，之所以仿效那種殺人方法也是一樣的道理。」

麻生的電腦上顯示著一名男子的照片。是一名白髮的外國老人，面容消瘦，眼神看起來疑神疑鬼——這個人就是傑克・凱沃基安啊。

「傑克・凱沃基安設計出兩種執行安樂死用的自殺輔助裝置，分別是 Thanatron 與 Mercitron，其中會使用到藥物的是 Thanatron。聽說那是蒐集了總額三十美元左右的垃圾組裝起來的東西，方法是患者先用裝置幫自己打生理食鹽水的點滴，接著按下開關一分鐘後，全身麻醉劑 Thiopental 會取代生理食鹽水，讓患者陷入昏迷，之後機器會自動將點滴液切換成氯化鉀製劑，患者就能在沉睡中死亡。」

根據大地的證詞，原本一直有在說話的馬籠被第一個來的醫生打完針後，突然就安靜了下來。如果安樂死的方法是先讓患者陷入昏迷狀態才注射毒藥的話，那麼這份證詞的可信度就提高了許多。

「可以認為第二代 Doctor Death 沿襲了初代的做法呢。」

「瘋狂的信徒都會模仿崇拜的對象。初代那個時候，好像還拍下患者死亡的現場情況並公開，引起了一番議論。就算這個第二代哪天突然在影音網站上直播安樂死，我也不會感到意外。」

雖然是玩笑話，犬養卻笑不出來。現在這個時代，每天都有人仗著匿名性上傳非法影片，所以麻生講的事情絕不是天方夜譚。

「不過怎麼有人有辦法把自己親人的性命交到這種來路不明的傢伙手上啊？我一點都無法理解。」

犬養難得對麻生的話產生排斥感。為了避免麻生誤判事實，還是多說個幾句好了。

「與其說是心情上的問題，我認為制度上的問題比較大。」

犬養將增渕滿懷悲憤描述的安寧療護現況告訴麻生，麻生聽著聽著，表情顯得越來越困惑。

「很多醫療現場的醫生都害怕攬上法律責任，所以對安寧療護持消極態度，再加上日本人有自己的倫理觀念，所以醫生很容易將延續患者生命視為第一要務。我想這也是為什麼社會上對於個人選擇死亡的權利，以及安寧療護都還無法達成共識的原因之一。」

「換個方式說，我們這位 Doctor Death 可能就是看中了這一點才下手的呢。安寧療護的體制太過鬆散，絕症病患的家屬不得不拜託那種傢伙，於是黑暗醫生就可以光明正大享受眼前的殺人樂趣，同時還受到被害者家屬的感謝。長期下來，就越發覺得自己是天之驕子了。」

麻生說到一半表情又扭曲了起來，或許是因為他又更鄙夷黑暗醫師了。

這也是身為一名警察理所當然的反應，無論背景、理由如何，奪走他人性命的行為無疑是犯罪。

然而父親的身分卻讓犬養變得優柔寡斷。他雖然不喜歡談假設的事情，但如果沙耶香的病情惡化到不久人世的情況，而身旁就有 Doctor Death 這號人物的話，犬養可沒自信能抗拒這個誘惑。

回過神來，麻生正盯著他看。

「你看起來跟平常很不一樣喔。」

認識太久也是件麻煩的事，看樣子對方已經看穿自己的軟弱了。

「你把自己套進同樣的情況了嗎？」

「沒這回事……」

「我從很久以前開始，就很討厭那種在媒體上大放厥詞的社會心理學家。」

犬養心想這個人沒頭沒腦地說什麼啊。

「說什麼跟蹤狂變多是因為教育的問題，霸凌情況增加是社會的錯，什麼都推給環境，甚至還說什麼犯人只是社會貧富差距下的犧牲者，開玩笑也要有個限度。不管是傷了人還是殺了人，責任全都在動手的人身上。不是所有家庭環境惡劣的人最後都會淪為罪犯，先天資源較差的人也不會全都誤入歧途。一樣的道理，因為安寧療護推動進程緩慢就勸人實行積極安樂死，說到底只是強詞奪理。Doctor Death 既不是病症末期患者的夥伴、也不是安寧療護的先驅，只是為了區區二十萬酬勞到處下毒害人的連續殺人魔。」

麻生的道理總是如此簡而有力，振聾發聵，不難想像這種單純的理論就是這個男人指導能力的泉源，而這種意志和警察組織上命下達的風氣也很合得來。

然而犬養依舊無法百分之百認同麻生。撇除 Doctor Death 真正的想法不談，對於那些協助安樂死的家屬，他實在無法責備他們的軟弱。

「Doctor Death的身分自然非查不可，不過跟他一夥的護理師也很令人在意。雖然護理師留下的印象比黑暗醫師還淡，但只要蒐集目擊證詞還是可以清楚勾勒出她的模樣。你們就繼續挖Doctor Death過去的案子。事到如今就算沒有屍體也無所謂，想辦法給我找出更多證人來。」

這項指示又是如此的單純，但效果肯定可期。

救贖之死

救われた死

1

原以為是病死，實際上卻是經過第三者加工的安樂死……

馬籠健一的事件成了報紙與電視新聞的頭條，安樂死發生在任何人身上的可能，以及本質上是受囑託殺人的事實，引起了世人的關注。

不是出於仇恨或謀奪金錢，而是為了讓緩和病症末期患者的苦痛而殺人，雖然過去也曾發生類似的事件，但這次的特殊性，在於幕後存在一個將安樂死視為任務來執行的黑暗醫生。對於委託安樂死的馬籠小枝子，社會上的聲音多半表示同情。她所遭遇的精神折磨與經濟壓力，那些家中也有家人必須看護的民眾都能感同身受。有的人對小枝子窮追猛打，但也有一些人站出來替小枝子辯護，認為她之所以被逼上絕路，是因為日本的安寧療護環境落後海外太多，甚至還有人吵著要政府投入更多預算在安寧機構的建設上。

至於另一方面，大家對於Doctor Death的評價就很兩極了。雖然媒體將他形塑成一名罪犯，但具有匿名性的網路上還是有不少擁護的聲音，認為他的行為是安寧療護路上的必要之惡。從事件被報導的當天起，大量網友造訪「Doctor Death的往診室」，使得網站三兩下就被癱瘓，對時時刻刻觀察網站動向的網路犯罪對策課造成了天大的麻煩。只有渴求這種煽動性話題的好事者越來越關注，這種狀況持續了一個多禮拜，也難怪三雲會唾罵那些群聚在網路上的烏合之眾了。

在這陣騷動之中，警視廳接到了一通匿名電話。

那天是十月十五日，下午一點十九分，通信指令中心的北園深雪接到一通可疑的通報。

『那個……新聞上面報的安樂死事件，搜查本部是設在警視廳沒錯吧？』

聲音聽起來特別模糊，連是老是少、是男是女都聽不出來。

「是，沒錯。請問您是？」

『我知道一個被 Doctor Death 安樂死的人。』

「你說什麼？」

『是一個住在川崎，名叫安城邦武的男人。你們查一下就知道了。』

「能不能留下您的姓名和聯絡——」

電話到這裡就掛斷了。

現在的電話是數位信號，和過去不一樣，所以不管通話時間多短都有辦法進行反追蹤。而且自從事件公開報導之後，每天接到跟 Doctor Death 有關的匿名電話不下一百通。但總之還是得先報告，所以深雪便將通話內容轉告搜查一課。

而且，這就是第二起事件。

*

「兩天前，就是十三日這天，安城邦武在他住院的西端醫院死亡。」

麻生悶悶不樂地說。

「還記得吧？今年八月，位於川崎的西端化成工廠發生一起爆炸事故，輕重傷者合計十四名，災情非常嚴重，而安城就是重傷住院的其中一人。事後調查認為，工廠的起火原因可能是源自於他作業上的疏失。」

明日香從一開始就疑心重重地聽麻生敘述。

「那個姓安城的人是在醫院安樂死的嗎？」

「跟醫院確認後，聽說他的死因是高血鉀症。如果 Doctor Death 是透過氯化鉀來進行安樂死的話，那這個死因就不意外了。」

「但那間醫院規模也不小吧？他居然有辦法溜進病房執行安樂死……」

就是因為規模不小，問題才嚴重啊。犬養心想。

西端化成是一間投資控股公司，涉及領域包羅萬象，不僅有纖維與化學藥品，甚至還包含了住宅建材，旗下有兩百間以上的關係企業，西端醫院就是其中之一。該醫院雖然也有對外開放看診，但集團成員擁有優先住院治療的福利。簡單來說，性質比較接近集團設立的福利機構，不到現場走一趟根本不知道他們的保安系統好不好。

「比起這陣子那堆打來惡作劇或單純臆測的電話可信多了，所以我已經請院方和家屬延後火葬的日期。他們預計今天守夜，算是壓線趕上。」

「已經查出通報者身分了嗎？」

「沒辦法。那通電話是從公共電話打過來的，雖然派了鑑識人員到川崎市內的公共電話蒐證，但那本來就是不特定多數人可以自由使用的東西，就算現在人手一機，沒什麼人會用公共電話了，還是採集到一大堆身分不明的指紋。」

麻生對於鑑識組的資訊很明顯地不抱期待。

「我去西端醫院一趟。」

犬養出聲後，麻生一副理所當然地瞥了他一眼。

在西端醫院櫃台表明來意後，犬養與明日香馬上就被帶到會客室。不出五分鐘，一個姓宇都宮的醫師現身。雖然他接到搜查本部的聯絡後趕緊有所應對，但完全沒料到醫院會成為搜查目標的想法全都寫在臉上了。

「我是安城先生的主治醫師。沒想到那竟然是殺人案，一時之間實在難以置信。」

「不，目前還沒有確定是殺人案，只是有接獲通報而已。麻煩你告訴我們安城先生死亡時的狀況。」

「要說什麼狀況……安城先生自從那起爆炸事故後病情就一直很不樂觀，住院至今意識從來沒有恢復過。當初他被送來時的樣子真的慘不忍睹，全身上下不僅沾滿了各種化學藥劑，還外加幾十處撕裂傷跟燒燙傷，而且整張臉腫得連他太太都認不出來。我們進行了緊急植皮手術，但他身上的致命性外傷實在太多。醫院也組成最高水準的醫療團隊全力進行治療，但還是……」

「既然動員最高水準的團隊，想必所費不貲吧。病患家屬有能力負擔嗎？」

「不……住院治療的一切開銷都是由西端化成總公司支付的。」

站在西端化成總公司的立場來想，肯定不希望自家工廠事故的傷害繼續擴大，損及社會形象，所以傾盡全力替傷者進行治療、延命也是理所當然。

然而他們的目的只是要控制死亡人數，而非幫助患者回歸社會。

「當時安城先生有恢復的希望嗎？」

「這點很不好說……」

「能不能帶我們到安城先生住的病房看一看？」

犬養提出要求，宇都宮則是不甘不願地答應了。

「雖然勞駕兩位警官跑一趟，但我實在不覺得安城先生是遭人殺害的。」

前往病房的路上，宇都宮還是頗為不滿。

「聽說死因是高血鉀症沒錯吧？」

「所以才沒有什麼好懷疑的。多處外傷自然會造成細胞內的鉀離子流出，再加上安城先生於滅火過程中吸入大量的乾粉滅火劑，這也是引起高血鉀症的原因。」

「有進行解剖了嗎？」

「未經家屬同意，我們不會進行解剖。」

然而事情可能無法如宇都宮的意，安城的遺體還是得面臨被開腸剖肚的下場，而且還不是病理解剖，而是司法解剖。

「你認為安城先生不是遭到他殺的根據就只有這些嗎？」

「他住院以來，有幾位工廠的相關人員來探望過幾次，每個人探病時都紅了雙眼……工區長甚至每天都來探望。雖然還有其他的受害者住院，但安城先生是唯一一個讓所有探病者哭成那副模樣的患者，想必過去很受大家景仰吧。」

犬養在宇都宮背後緩緩搖頭。受人景仰不代表不會被殺害，更何況這次的情況，也有可能是因為出於景仰才讓他安樂死的。

犬養若無其事地張望四周，沒看見走廊上有任何監視器，不過一樓和逃生樓梯附近倒是有安裝幾支，看樣子只設置了最低限度的數量。

宇都宮的腳步停在八一三號房。安城過世才兩天，貌似還沒有新的患者入住。

病房內空蕩蕩的。原來病床上沒人的病房，看起來竟會如此空虛。犬養快速環顧四周，還是沒看到監視器。

「患者從早到晚的狀況都會顯示在護理站的螢幕上，只要血壓和心跳有異常，馬上就會發出警示音。」

「所以才沒有任何監視器嗎？」

「畢竟只要能確認數值，就沒有必要整天拍攝患者的狀態。螢幕發出警告是在十三日的下午一點二十五分，我和負責的兩名護理師一同趕到病房，安城先生看起來十分痛苦……雖然馬上準備動緊急手術，可是在手術之前他的心肺功能就停止了。雖然有嘗試心肺復甦，但為時已晚。」

犬養忍不住就要噴出聲。Doctor Death 潛入沒有監視器的病房，替安城注射了氯化鉀製劑後馬上離開，不久後安城病發身亡，但由於他本身就有高血鉀症，所以不會讓人起疑。

「醫師，如果替安城先生施打氯化鉀製劑的話，有沒有可能引發同樣的症狀？」

「……我無法斷言，但就算是那樣恐怕也很難看得出來。」

宇都宮說完之後垂下了雙眼。

「安城先生一直有在打點滴吧？有沒有可能是誰將氯化鉀摻入點滴液？」

「這點也不好說。」

「醫院用完的醫療器具都放哪裡保管？」

「不會保管喔。為避免院內發生感染，我們就連一根針頭、一包點滴袋都是用完即丟。每天用掉的分量，都會在隔天交給處理醫療廢棄物的業者收走，所以那些東西都不會留在醫院裡。」

死亡後兩天，那包可能縮短安城性命的點滴袋如今十之八九已被銷毀，但還是該趕緊跟麻生聯絡一下。

犬養與明日香接著前往川崎區的某處生命會館。這次他們跟喪禮會場還真是有緣，身上那件好一陣子沒換的外套搞不好都已經吸飽了線香的氣味。

走進家屬休息室，便看見安城的妻子冴美，以及穿著學生制服的兒子與西裝制服打扮的女兒坐在中央一動也不動。一看到這三個人這麼頹喪，犬養再度深感自己跑錯地方了。

「這是長男英之、長女久瑠實。」

由於事先有告知，他們知道犬養和明日香是刑警，或許也因為這樣，英之和久瑠實看向兩人的眼神銳利無比，感覺並不是能在這裡問話的氣氛。

「不好意思，我們剛剛得知這個消息，外子有可能是遭人殺害的嗎？」

「出於這個理由，必須暫時借用一下你先生的遺體。現在外面有個收錢幫人安樂死的人，警方接到一通匿名電話，表示你先生也是慘遭那個人的毒手。」

「怎麼可能。肯定是搞錯了，再不然就是惡作劇電話吧。」

「那個男人自稱 Doctor Death，現在電視新聞應該都有報導。」

「我知道那則新聞，但怎麼會有人來幫外子安樂死……而且我根本就不記得我有拜託過這種事情。」

「冒昧詢問一下，你先生在住院過程中一直都很痛苦嗎？」

冴美宛如瞪視的眼神投向犬養。

「我想他被送到醫院之後，應該沒有一天過得舒服。全身燒得潰爛，還受了那麼多傷……就算進行植皮，醫生也說只要麻醉退去，他就會感受到火燒般的疼痛。」

「確實有聽說痊癒的希望很渺茫呢。」

「宇都宮醫師說他那副模樣，還活著已經是奇蹟了。」

「你一次都沒想過要進行安樂死嗎？」

「你這個問題真教人難堪。看他只剩下痛苦，又沒有痊癒的希望，一定會想著至少要讓他解脫啊。可是……那兩個孩子一直都祈禱父親能健健康康地出院，所以想歸想，我也從來沒向宇都宮醫師拜託過這件事情。」

「你產生這個想法之後，有沒有看過 Doctor Death 的網站？如果有去查的話，馬上就能找那座網站了。」

犬養暗想冴美肯定有上過那座網站。假若身邊有人提議安樂死相關的事情，她應該會上網查資料，而且只要輸入「安樂死」進行搜索，就會查到「Doctor Death 的往診室」。

「……有看過。可是我一直沒有下定決心想找他商量……我還在猶豫的時候，外子的病情就突然惡化了。」

「我換個問題。你知不知道有誰可能對你先生懷恨在心？」

「外子很善於照顧人，經常帶下屬回家一起喝酒，聽那些下屬說，外子在工作上也很可靠，大家對他愛戴有加。對待親戚時也一樣，絕對不逞威風，對任何人都很親切，所以沒有任何一個人說他的壞話。」

完全是那種會被大家歌頌的人格呢。

「你是在哪邊聽說你先生病危的？」

「那時我恰好在醫院和宇都宮醫師交談，大概一點半左右，有人跑過來叫他，我就一直不明所以地待在會客室等他回來……」

「聽說當初事故後的調查認為，工廠起火的原因很可能是你先生的疏失。如果真是這樣的話，就算他人再怎麼好，受牽連的人應該也會大力抨擊他吧。」

犬養覺得自己這種問法很令人不舒服，但也不得不問。

「沒有。或許是我比較遲鈍，但事故發生之後，我認為對外子感到同情的人還更多。同事跟下屬都說，安城將生命都奉獻給了工作，就連上司也說了些我們擔當不起的話。」

犬養漸漸沒了興致，但就算再怎麼受人敬愛，依然無法完全拋棄被人施行安樂死的可能。

「那反過來說，你知不知道有誰希望讓先生安詳長眠呢？」

話一說完，冴美面色鐵青，擺出一副思考的模樣。

「每個人都跟我們家孩子一樣，一直都在等待外子康復歸來。哪怕只有一瞬間，但是想到要安樂死的人肯定就只有我一個。所以……」

「所以怎麼樣？」

「所以我也覺得他今後不必再受更多苦真的是太好了。」

聲音聽起來更沮喪了一些。

「雖然對孩子跟公司的人很抱歉，但外子那個樣子，我真的不忍心再看下去了。碰上事故之前他真的是個很有精神，開朗得像個笨蛋一樣的人，但是卻受了那麼嚴重的燒燙傷，只要麻醉一失效就發出痛苦的呻吟……我們只是在一旁看，但他可是一直、一直在受苦。一想到這裡，即便是夜深人靜也讓我想放聲大喊。」

犬養閉口不語，即便他不去反覆追問，也已經能感覺到冴美正在將心裡的話全盤托出。

「剛才也說過，我很猶豫要不要找那位安樂死的醫生商量……我想自己找他商量，並拜託他執行安樂死也只是時間早晚的問題。我當時已經走投無路了。但現在回想起來，我真的對外子做了很殘酷的事情。要是在他變成那個樣子之前，早點進行安樂死就好了。要是那天就知道他會死，我應該在他送到醫院時就決定讓他走的，這麼一來就不必多痛苦兩個月了……都是我不好，因為我太膽小，才害他平白無故受這麼多苦。到頭來我只是害怕親自做出結束先生生命的決定罷了。」

冴美彷彿情緒潰堤，突然開始說個不停。

「其他人或許會罵我是個惡鬼，但現在外子過世，真的讓我鬆了一口氣。」

不久後冴美開始全身抽蓄，輕聲嗚咽了起來。

犬養判斷再追問下去也問不出什麼，於是留下冴美，踏出了房間。

回到家屬休息室門前，明日香恰好也走出門。

「你那邊狀況如何？」

「我把他們弄哭了。」

「我這邊也是。」

「這位父親深受家人喜愛呢。」

這句話雖然沒什麼深意，但聽在一個不被家人所愛的父親耳裡，犬養感覺十分諷刺。

「孩子們好像一直深信安城先生會起死回生的樣子，所以完全沒想過要進行安樂死。」

這才是正常的反應吧，犬養心想。若拿日本人本身的倫理觀念來解釋，恐怕太堂而皇之，說實在的，要那個年紀的孩子思考安樂死未免太過殘酷了。

「只要還沒確定是誰委託 Doctor Death 辦事，就沒辦法排除兩個孩子的嫌疑。先把他們家裡的電腦扣下來吧。」

明日香消極的態度露骨地寫在臉上，但還是微微點了個頭。這個女人本來就想進入生活安全課，志在防範少年犯罪，所以肯定對於將孩子當成嫌疑犯對待有所抗拒吧。

「太太那邊有問到什麼嗎？」

「她說一直到最後都很煩惱要不要選擇安樂死，而且安城病危時她剛好在醫院，所以沒有不在場證明。」

「你說不在場證明，難道你懷疑是太太親自注射氯化鉀製劑嗎？」

「如果安樂死的對象住院，那麼 Doctor Death 出面的風險太高了。但如果只是把點滴袋裡面的東西換成氯化鉀製劑的話，外行人也做得到。只把藥劑交給太太並告訴她怎麼做，應該也不是不能商量的事情。」

明日香一瞬間露出的表情似乎是在說「你居然懷疑人家到這種程度？」那還用說，就是因為懷疑到這種程度，才有辦法作為刑警走到今天。

「下一站，我們要去弄清楚安城在公司裡的定位。他到底受到多深厚的愛戴，或是遭到多嚴重的排擠，另外還要揪出委託 Doctor Death 進行安樂死的人。」

發生爆炸事故的西端化成化學工廠，是由同集團的西端化工經營。剛好這間工廠和西端醫院一樣位於川崎市內，雖然因為爆炸事故而燒毀了不少，但目前看起來還勉勉強強有在維持營運。

不知道是不是因為前陣子轄區同仁來調查過爆炸事故，當犬養他們跟一樓櫃台表明身分時，櫃台小姐的表情十分僵硬。不過也有個好處，他們不用等多久就可以問員工的話，或許之前的經驗讓工廠比較習慣這種事情了。不久之後，一名年約五十、身高不高的男人走進會客室。

「我叫小菅仁一，之前擔任發生爆炸事故的第二工廠工區長。」

「方便請教一下你和安城先生之間是什麼關係？」

「他是作業主任，所以我算是他的直屬上司。第二工廠分成四個工區，每一個工區都有一名作業主任……那個，這些事情我已經和川崎署的刑警說過了……」

犬養表示自己是為了安城邦武死亡一事才從警視廳過來，小菅聽了備感訝異，頭偏向一邊。

「你說安城老弟……是被殺的？這實在是意想不到呢。」

「言下之意是工廠內沒有人對安城先生懷恨在心嗎？」

「怎麼可能有什麼怨恨，他可是四名主任中最有人望的一個，對下屬的指導也很真誠仔細，明明資歷深卻從來不擺架子。另外爆炸事故發生時──這件事情媒體雖然沒報導──他為了救出受困的下屬，一直在現場待到最後一刻，所以才會受那麼嚴重的傷。」

「原來如此，意思是他被視為英雄囉。可是聽報導說，安城先生的疏失就是引起爆炸的原因不是嗎？換句話說，因為他的失誤才讓那麼多人受傷，帶給公司莫大的損失，即便如此，相關人員仍舊景仰安城先生嗎？」

「那起事故是肇因於安城老弟的人為失誤沒錯，但也不能全怪在他頭上。」

接著小菅開始解釋第二工廠事故的來龍去脈。他的話中雖然不時穿插專業術語和化學知識，但或許是因為之前跟川崎署解釋的時候已經熟能生巧，所以就算是犬養也能充分理解內容。一旁的明日香在聽到重點時也會點點頭，看起來應該不至於完全聽不懂。

整理之後，事情經過大概是這樣。

第二工廠是聚氯乙烯的生產工廠，而氯乙烯是依循以下步驟製造。

首先讓乙烯與氧、氯化氫產生反應，獲得水與1,2─二氯乙烷，以此為催化劑，進行二價銅的還原反應，就會得到一價銅與1,2─二氯乙烷。

接下來，氧會使性質不安定的一價銅氧化，形成二價銅（這些過程稱作氧氯化反應）。之後再透過熱裂解分離氯化氫，得到氯乙烯（裂解反應）。

除了這些化學反應之外，過程中也會產生一些副反應與剩餘物，而如果化學試劑用量是以噸為單位計算，其產生的反應熱自然非同小可。

第二工廠有兩套進行氧氯化反應的系統，然而當時其中一套系統的乙烯緊急釋放閥出了問題，擅自打開，進而觸發了保險裝置，導致整個系統停擺。反應到這個階段時，原本應該是兩套系統一起循環，但出狀況後只剩下一套系統在運作。

其中一套失去了作用，連帶引發兩套裂解反應的系統停止運作。這時冷卻裝置也關閉，回流槽內的溫度與壓力因化學反應不斷升高，最後突破臨界點，槽壁破裂，又因為某個火源而引起了爆炸事故。

「如果氧氯化反應停止的話，警示燈號應該會亮起。然而就是因為沒看到警示燈號，我們才沒發現回流槽內產生了異常。」

「負責確認警示燈號是誰的工作？」

「作業主任……安城老弟的職責。」

原來如此，所以安城的失誤指的是他沒有確認到警示燈號。

「但我還是想再次強調，直接引發事故的原因是乙烯緊急釋放閥故障，調查委員會也的結論也一樣。在人為失誤之前，機器本身就已經出問題了。」

雖然聽了小菅的說明就能理解，但只看新聞那些表面報導就下判斷的人，並沒有好好理解背後複雜的化學反應，只是一心追究誰該負責。除了不必動腦之外，最大的原因是陶醉在追究責任的自我滿足之中。即使調查委員會費盡唇舌解釋，只要沒有確切的證據證明機器有問題，普羅大眾還是會把責任歸咎到安城身上吧。

「所有的工廠相關人員都知道這件事情，所以沒有人會恨安城老弟的。」

「聽說小菅先生也每天都去探望他？」

「不光是我，幾乎所有前第二工廠的同事都會去。安城老弟過世的那天早上我也有去看他，但萬萬沒想到那竟然就是最後一面……」

「那有沒有人看到安城先生的狀況那麼嚴重，一直受苦的樣子，反而認為倒不如讓他安心地死去呢？」

這個問題似乎完全出乎小菅意表。

「你知道現在有個自稱 Doctor Death 的人鬧得社會很不安寧嗎？他會接觸那些希望替心愛的人進行安樂死的人，收取報酬，留給患者安詳的死亡。」

「我有看到新聞……所以刑警先生的意思是那個 Doctor Death 殺了安城老弟嗎？」

「Doctor Death 若沒有接到委託就不會行動，所以我們認為是有人委託他。」

「確、確實有很多人希望能減輕他的痛苦沒錯，但如果是殺人就……我想不到有誰會這樣。」

「那麼，不知道方不方便讓我們和安城先生的其他同事還有下屬聊一聊？」

接替小菅奉接待犬養他們的人，是一個叫立花志郎的二十來歲年輕人。

「你說安城主任是被人殺害的？怎麼會有這種蠢事。」

立花的眼神從一開始就充滿了猜忌。

「那麼好的人怎麼可能被殺？」

「正因為安城先生人很好，所以也可能會有人想讓他好好解脫不是嗎？」

犬養自己都不知道同樣一句話到底說過幾次了。因為受人愛戴、不被任何人怨恨，所以才遭到殺害……他再次體會到這一次的事件性質和一般案件大相逕庭。

「我們當然不希望他繼續受苦沒錯，但也不會因為這樣就殺了他啊。工廠的每一個人都很期盼安城主任康復回歸的那天到來。」

「即使他是導致工廠爆炸的肇因也一樣嗎？雖然剛才工區長跟我說明過那並不完全是人為疏失，可是那起事故應該大大傷害了西端化工及西端化成的社會形象，而且規模那麼大的事故，造成的實質損害應該也不小。」

雖然又是惡意滿滿的問法，但也是無奈之舉。

「不過經過調查，發現事故原因出自安城先生的失誤後，媒體和大眾就只追究他一個人，這對於西端化成還有在下面工作的人來說實在是個天大的好機會，可以將設備出問題這項本來該由工廠全體負擔的責任，全部推到安城先生頭上。工廠相關人員之所以認為安城先生對大家有恩，難道不是出於這個原因嗎？」

立花一聽，怒目切齒地靠近犬養，感覺拳頭馬上就要揮過來了。明日香急忙打算介入，不過犬養不動如山。

「你們這種平常看慣人渣的傢伙才會這樣想。你肯定無法想像安城主任受到這麼嚴重的抨擊，我們現場的人有多不甘心吧。」

立花突然捲起右臂的袖子。原以為他打算威嚇，但袖子捲起來後，露出的是形成蟹足腫的燙傷疤痕。

「我猜你們大概也聽工區長說過了，事故發生當時，來不及逃跑的慢郎中就是我。我的腳被掉下來的風管壓住，根本動彈不得。安、安城主任明明已經逃到外面，卻為了救我，特地跑回來，搬起重的要死的風管好讓我爬出來。就在那個時候，主任背後的反應槽爆炸，藥劑直接潑在他身上。當時他剛好擋在我前面，我才躲過一劫，可是主任他……可惡！」

這股氣憤是演不出來的，看來安城是真的受到同事的尊敬與擁戴。

「他為了救我一命犧牲自己，知道這件事情時，不光是第二工廠的人，所有員工都大哭了一場。這裡沒有任何一個人，會為了任何理由奪走他的性命。知道了就快滾，你這王八蛋。」

近乎被趕出來的犬養與明日香離開工廠後，便直接回到麻生坐鎮的搜查本部。雖然知道空手而回的話，麻生一定會很不爽，但好巧不巧，他們就是沒有什麼算得上收穫的東西。

一得知他們沒有帶回特別有力的資訊，麻生果然臉色鐵青。也罷，反正這名上司只有在破案和發獎金的時候才有好心情。

「話說，本部這邊有什麼進展嗎？」

「安城邦武的司法解剖已經結束了，遺體好像直接送回會館。不過解剖報告書還沒送來。」

「那麼總算是趕在守夜之前完成了呢。」

明日香的語調聽起來像是放下了心中的大石。這麼說來，犬養今天無論問誰話都採取帶點挑釁的質問態度，對於平時就畏懼且厭惡他作風的明日香來說，恐怕一整天下來沒一刻放鬆過吧。

「還有一件事，你聯絡中提到的點滴袋，我們在處理業者處分掉的前一刻救了回來。」

「分析結果怎麼樣？」

「你猜對了，袋中殘留液體檢驗出了高濃度的氯化鉀。匿名通報不是胡扯，安城邦武的安樂死是 **Doctor Death** 搞的鬼。」

明明證明了一件事實，麻生的語調還是很刻薄。他的心情犬養用膝蓋想也知道，因為這樣等於證明了Doctor Death是連續殺人犯。

「報案的公共電話那邊有查出什麼嗎？」

「這方面鑑識碰到的麻煩也不小，你也知道最近幾乎每個人都用自己的手機處理事情。而且天氣一開始變冷，剛開始過流浪漢生活的人還會把公共電話亭當成棲身之處，所以身分不明的指紋多如牛毛。」

「可是話又說回來，到底是誰報案的？比較有可能的還是犯人的同夥嗎？」

明日香突然插話。

「不，如果是同夥，發出犯罪聲明不太妙吧。這樣根本是自找麻煩。」

「可是班長，如果不是同夥的話，為什麼會知道那是Doctor Death幹的好事呢？」

明日香的疑惑也不無道理，似乎連麻生也找不出個合理的解釋。

犬養認為現在說些單純的推測似乎也沒關係。

「有一種可能，就是那個跟在Doctor Death身邊的護理師突然感到害怕了。」

麻生和明日香同時看向犬養。

「以往Doctor Death的罪行都藏在檯面下，如今卻因為馬籠健一的事情而曝光，他的名字也被大肆報導。抱持信念的Doctor Death就算了，擔任助手的護理師怕是沒那個膽吧。如果媒體把話題炒得太大，那個護理師會害怕也不奇怪。之所以會匿名通報，大概是出於不想被抓，卻又希望警方逮捕 Doctor Death 的自私心態吧。這麼一想，一切就說得通了。」

唔……麻生似乎在咀嚼這番話。

「如果是這樣，我倒希望對方透露接下來的殺人計畫，而不是已經結束的事情。」

犬養就很猶豫要不要提出一直在思考的方案，現在看起來是個好機會。

「其實我有個好點子。」

「怎樣？」

「他的網站一旦恢復正常，要不要由我們這邊去委託他進行安樂死看看？即使媒體鬧這麼大，Doctor Death 還是照常完成了工作，所以下一次的委託他肯定也會如常執行。」

2

隔天上午，司法解剖的報告送到了搜查本部。安城的死因是高血鉀症沒錯，但血液中檢測出高濃度的氯化鉀製劑，因此毒殺的可能性越來越明顯。

在刑警辦公室裡聽聞此事的明日香，露出了一副彷彿吃到難吃東西的表情。

「所以，Doctor Death 都是利用注射氯化鉀製劑的方式來執行安樂死的。」

「應該是承襲第一代 Doctor Death 的作法吧。也可以判斷是因為這個方法成功了好幾次的關係，才會這麼執著這種手法。」

犬養回答，視線沒有離開報告書。

「成功好幾次……你是指馬籠健一的案子嗎？」

「不，我是指更早之前的案子。馬籠健一的安樂死手法相當漂亮，實在很難想像那是他第一次動手，而且他本人在網站上也說自己過去執行過很多次了不是嗎。」

「但增渕桐乃的案子是未遂，你難道打算完全相信 Doctor Death 寫下的內容嗎？」

「比起一笑置之，還是當他說認真的比較保險。網站上的宣言並不是虛張聲勢或自我展示，而是基於實績與信念而寫的廣告。」

「犬養先生，你昨天的提案是認真的嗎？」

明日香問的是透過主動委託來設陷阱，好讓對方上鉤的辦法。

「認真到不能再認真了，我甚至覺得這是現階段最有效的方法。」

話雖如此，犬養自己也不是毫無懸念，然而他確定這個方法肯定比任何方法都有用。身為一名刑警自然是躍躍欲試，至於私底下的自己則是在壓抑這份心情。

「有那麼容易上鉤嗎？」

「沒那麼簡單吧。畢竟名字都被媒體知道了，對方應該會更慎重行事。」

媒體大肆宣傳 Doctor Death 的名號所帶來的預期影響有兩個，第一個是吸引大量湊熱鬧及嘲諷怒罵的人，網站瞬間癱瘓就是因為這個影響。另外一個，則是吸引一直以來都有在思考替家人安樂死，卻遲遲未跨出那一步的人。

「網站一旦恢復運作，『Doctor Death 的往診室』的委託應該會接到手軟，當然裡頭也包含單純諷刺的人就是了。Doctor Death 必須從中挑出認真的顧客，所以也不得不謹慎些。」

「你認為外面鬧得滿城風雨，他還是會繼續犯案嗎？」

「即使會相隔一段空檔，他也絕對會再次作案。連續殺人犯是無法自行停止犯罪的人種，除非碰到兩種情況。」

明日香看起來頗有興趣，犬養決定貼心地告訴她。

「不是被我們逮捕，就是他碰上什麼意外而身亡。」

明日香立刻皺起眉頭。

「你看起來好像有點不服氣，但除了這種強制中止的情況之外也別無他法。因為大多數的情況，那種人的精神都有些問題。」

「那犬養先生要怎麼樣設計巧妙的陷阱？你有自信編出讓 Doctor Death 上鉤的故事嗎？」

「怎麼可能有啊。」

「啊？」

「光看馬籠健一和安城邦武的案子，根本找不出對方的偏好。一旦搞砸一次，就沒有第二次機會了。如果對方慎重，我們就必須更加謹慎。」
「那麼，你到底打算怎麼做？」
「剛才不都說了，Doctor Death 在馬籠健一的案子前也執行過不少次安樂死，所以我們要繼續翻出他以前的客戶。」
前一次，增渕桐乃的情況是 Doctor Death 動手前，當事人就已經死亡，所以無法獲得目擊情報。
「我們還沒檢查完三雲班長那張清單上的所有留言者。雖然其他人的遺體應該都已經火化下葬了，但現在好歹也要蒐集到目擊情報。」
「可是就算問他們，他們會老實回答嗎？對那些人來說，目前已經達成完全犯罪，沒有被逮捕的風險，如果又是遵照往生者的意願進行安樂死，生活才終於回歸平穩的話，我們所做的事情就是在揭人瘡疤。增渕桐乃的情況是因為最後沒有成功執行，父親才願意坦白的吧。」
「從隱藏犯行的人口中問出事實，不就是我們一直以來在做的工作嗎？有什麼差別？」
明日香雖然點了點頭，但看起來並沒有完全接受。
「怎樣？」
「我有點，不太確定了……安樂死真的是犯罪嗎？」
明日香感覺有些啞巴吃黃蓮，顯然是受到了某些影響。犬養盯著明日香看。

「有話就說吧。」

「犬養先生，你沒看新聞嗎？就是美國加州那邊通過了安樂死州法的事情。」

啊，原來如此。犬養明白了。這則新聞和 Doctor Death 的事情同時被報導出來，也有一些節目手腳很快，立刻將這兩件事情綁在一起談論。

二〇一五年十月五日，加州州長傑瑞・布朗（Jerry Brown）簽署法案，承認無康復希望的患者擁有「結束生命的權利」。法案一通過，州內所有受苦的終末期患者與其主治醫師，即便選擇安樂死也不必面臨刑責。州長表示：「我不清楚如果自己受到病魔長期的折磨會產生什麼想法，但我確定多一個安樂死的選項會讓人安心不少，他人也無法否定這項權利。」

當然，醫療相關團體、基督教團體以及身心障礙者團體發出了反對的聲音，但既然州法已經生效，遲早都會有患者選擇進行安樂死。

「聽說以前有些加州人會搬到隔壁已經將安樂死合法化的奧勒岡州，並在那裡結束自己的生命。也就是說，那些人是為了死才特地搬過去的。」

明日香的口吻中帶著前所未有的悲戚。

「自己決定死亡真的是那麼不好的事情嗎？難道不就是因為安樂死是正當的權利，現在才會有越來越多州和國家立法承認呢？」

「那你肯定 Doctor Death 的犯行嗎？」

「不，並不是這樣。我不能肯定他的行為。雖然不能，但……」

犬養刻意大嘆一口氣。

「烏拉圭和美國部分的州將吸食大麻合法化，所以在那些地方呼麻才不構成犯罪。同理，無論時空背景如何，只要某個行為觸法，我們就有義務逮捕犯人，事到如今別讓我重新提醒你這麼無聊的事情。」

「即使最後等於剝奪了往生者的權利也一樣嗎？」

「你怎麼講不聽啊！」

被犬養怒斥後，明日香便噤聲不語。真是得救了，犬養心想。萬一明日香問他如果女兒希望安樂死的話該怎麼辦——之類的話，他搞不好會將明日香撂倒在地。

老實說，犬養自己的思緒也很亂，沒辦法義正嚴辭地指責明日香。即便他身為刑警的職業倫理依然屹立不搖，但每當沙耶香的臉出現在腦海時，他作為父親的另一個意識便會冒出來。

如果沙耶香的病情進一步惡化到她主動想要尋死的話，自己到底有沒有勇氣將安樂死納入選項呢……

犬養搖了搖頭。

他不願想像這些事情，正因為不願去想，只好馬上打斷明日香的疑問。安樂死是犯罪，所以參與執行的人必須抓起來，犬養只能像這樣不停地說服自己來應付心中的不安。

「可是……」

「可是什麼？」

「接受 Doctor Death 進行安樂死的那些人，有認知到那其實是犯罪行為嗎？還有現在他們又是怎麼想的？」

就是因為明日香老問這些難以回答的問題，犬養才拿她沒輒。

繼增渕耕平之後，犬養這次找上了住在東京都內大田區、一名叫岸田聰子的主婦。會找上岸田聰子，理由當然是因為她曾在「Doctor Death 的往診室」留言，而她兒子的死亡證明上，死因寫的是心臟衰竭。因為高血鉀症過世的人若沒經過解剖或血液檢查，表面上看起來很容易被當成心臟衰竭。

過世的是岸田正人，去年八月死亡，得年僅二十四歲，相當年輕。

大田區池上九丁目，這一帶新舊集合住宅交雜。犬養他們要前往的公寓在這些建築之中，屋齡也算是特別久的。

岸田家位於八層建築物的四樓，電梯上升時會發出感覺快要壞掉的聲音，令犬養暗暗吃了一驚。電梯啟動的瞬間，明日香甚至整個人抖了一下。

「我還是第一次搭到會發出這種聲音的電梯。」

這種聲音除了老舊之外別無原因。電梯咿咿軋軋響得厲害，恐怕是鋼軌那邊發出的聲音。電梯也有一定的使用年限，一般來說應該在鋼軌開始發出哀號前檢修完成才對，之所以這樣放著不管，肯定是因為管理委員會經費不足。

犬養嗅出了這棟公寓開始貧民窟化的氣息。荒廢感不光出現在陳舊的電梯，躺在走廊角落的三輪車已經變成廢鐵，而門牌不僅褪色，甚至連名字都快看不清楚了。整棟建築裡沒有新進房客，管理也不確實。

他們抵達掛著「岸田」名牌的四〇五號房門前。按下電鈴後，出來迎接的是一名看起來年約六十的女性。

這個人就是岸田聰子。事前調查時得知她的年齡應該是四十七歲，沒想到看起來竟如此蒼老。犬養出示警察手冊後，聰子雖然露出狐疑的表情，但還是馬上讓他們進到裡頭。不過她表現出來的態度並非對他們感到放心，很明顯只是因為不想被鄰居問東問西罷了。

荒廢的浪潮也打進了這個房間。聰子在正人成年之際與丈夫離婚，而正人是獨生子，所以聰子現在是一個人獨居。房間裡的家具看起來很廉價，而且全都有些年代了。不知道是不是因為環境與居民也會相互影響的關係，房內的荒廢感彷彿正呼應了聰子的落魄。

「我們是為了去年過世的正人先生而來的。」

話一出口，聽子明顯加強了戒心。
「正人已經過世很久了，警察怎麼會來問他的事情？」
犬養不打算跟她兜圈子。
「關於正人先生的死因，希望你能跟我們說得更詳細一點。」
「為什麼現在還……」
「正人先生過去罹患了難以治癒的重症對吧？」
「對，是擴張型心肌病變……」
正人的死因，死亡證明上當然寫得清清楚楚。擴張型心肌病變是一種因心室肌肉壁延展造成厚度過薄，導致無力將血液打出心臟，進而引起鬱血性心衰竭的疾病。這種病有時候甚至會造成猝死，因此被政府列為指定特殊疾病之一。
「他生前的最後一段時間是在家裡療養嗎？」
「說來見笑，因為在醫院治療實在太花錢了……」
「聽說那是一種絕症？」
「絕症倒不至於，據說五年存活率有百分之七十六。可是正人當時一直因為血液循環障礙而痛苦不堪。」
聽子垂下眼來。

「我好不忍心看他那樣……原以為只要有錢都能解決，但聽醫生說那種病就算送到大醫院也不見得有辦法根治，這讓我更替那孩子感到不捨。」

「前夫沒有提供支援嗎？」

聰子的表情突然扭曲了起來。

「沒有。說到底，他本來就是一個在外面找了女人，擅自離開這個家的自私男人，還說正人都已經過二十歲，可以自立自強了，管都不管。」

聰子的話如針一般刺痛犬養。因為女人的關係導致妻離子散，和犬養的狀況一樣。不知道是不是自己想太多了，他感覺一旁沉默的明日香正對他投以不懷好意的眼光。

「正人先生當初接受了多久的治療？」

「兩年左右……不過他最後走得很安詳，像睡著了一樣，所以我也多少獲得了些救贖。」

離世的時候像是睡著了一樣，這句話怪可疑的。

「你聽說過 Doctor Death 這號人物嗎？」

對於這個突如其來的問題，聰子陷入了一陣沉默。她一直與犬養對視，試圖看出犬養這句話背後的意圖。

「我不認識那種人。」

「岸田女士，我不打算在無聊的問答上浪費時間。我們已經知道你曾經在『Doctor Death 的往診室』上留言過，因為我們是透過ＩＰ位址才追蹤到你這邊來的。你的帳號名稱是『Clever Child』，意思是聰明的孩子沒錯吧？」

犬養更用力地瞪了回去，聽子將視線別開。

「你留了什麼訊息給 Doctor Death？」

「不記得了，我想應該是批評管理員的內容吧。」

「可是在你留言過後不久，令郎就於家中過世了。醫師趕到時遲了一步，正人先生的遺體呈現猝死的症狀。」

「對。聽說這種情況有時會發生在擴張型心肌病變的患者身上，可是他的表情真的很安詳，所以我想他走的時候一定不怎麼痛苦。這算是唯一的安慰了。」

「請你看著我，岸田女士。」

接下來要開始進攻了，豈能讓她移開視線。犬養不顧一旁的明日香投來責難的眼神，逼聽子面對自己。

「你說他的遺容非常安詳，這的確是一件好事。不過難道這份安詳不是 Doctor Death 所帶來的結果嗎？我稍微調查過擴張型心肌病變，這種病確實有可能導致患者猝死，然而 Doctor Death 插手的話，也有辦法讓人以同樣的狀態迎接死亡。如果用他的方法，就可以在患者睡著時奪走患者的性命。只要不進行解剖，看起來就只像是猝死。」

聰子逐漸面露懼色。

「正人先生病情始終沒有好轉，一直處於痛苦之中，而你也無法讓他繼續住院接受治療，無奈之下只好轉成居家療養，結果卻是徒增痛苦。經濟面、精神面都被逼到絕路的你，有一天從網路得知了 Doctor Death 的存在，並在網站留了言，內容是：『我有一個和不治之症奮鬥的兒子，但我已經撐不下去了，希望能替他進行安樂死。』而你們經過幾次聯絡，簽訂了契約，將 Doctor Death 請到這間房間。你將正人先生交付給他，並親眼看著正人先生一步步邁向死亡。」

犬養的雙眼緊緊盯著對方，接著突然將臉湊近。聰子彷彿難以忍受，看向了其他地方。

「我、我不知道你在說什麼。」

她看起來光要擠出這形同喘息的一句話都費盡了全力。

「我沒聽過 Doctor Death，也不知道什麼安樂死。」

「剛才你的說法證明你知道 Doctor Death 這個人。如果看過那個網站，肯定會知道內容跟安樂死有關，你這不是自打嘴巴嗎？」

「那是……」

「替為絕症所苦的兒子帶來永遠的安息，以一名母親的身分來說，或許是理所當然的行為。然而，在這個國家就是犯罪。加工自殺可判處六個月以上七年以下有期徒刑。」

犬養原本預期只要告訴聰子該行為觸法，就能打擊她的自制力。

但聰子看起來還撐得住。

「你有什麼證據嗎？」

再次將目光轉回犬養的聰子帶著挑釁的口吻。

「你有證據證明，我有委託那個叫 Doctor Death 的醫生幫正人進行安樂死嗎？」

「你認為沒有證據就能開脫一切罪責嗎？如果是這樣，那你不僅小看了這個國家的法律，更小看了我們警方。現在我不就察覺了去年發生的事情嗎？警方一旦嗅出哪裡有問題，直到確實咬緊獵物的尾巴為止都不會罷休的。」

犬養沉聲回應。這句話離恐嚇只有一步之遙，對於隱藏自己罪行的人來說應該會造成莫大的壓力。

不出所料，原本還有點反擊姿態的聰子明顯氣勢受挫，再次浮現害怕的神色，宛如退無可退、開始尋找躲藏之處的小動物。

「不過岸田女士啊，我希望你不要誤會，我們不是來抓你的。」

「……欸？」

「我們的目的是揪出 Doctor Death。不光是正人先生，到現在他已經非法奪走好幾條人命，如果繼續放縱下去，他肯定會繼續作案，甚至可能出現無視患者本人意願的案子。但再怎麼說，那都只是單純的殺人，而就結果來看，你也參與了殺人的過程。這麼一來，你們就不是主犯跟從犯的關係，毫無疑問是殺人兇手的同夥。」

聽子的態度明顯產生動搖。自家人就算了，她可能作夢都沒想過別人的死也會跟自己扯上關係。

雖然犬養無法看穿女人的謊言，但起碼還看得出對方有沒有動搖。刑警式的恫嚇最多也只能做到這裡了。

「岸田女士。我再重申一次，我並不打算把正人先生的事情挖出來查。」

犬養的表情一下子緩和了下來。他早就算到將人逼到極限後再軟化態度的效果會有多好。

「家家有本難念的經，每個家庭的痛苦、煩惱，外人終究沒辦法理解。要一竿子打翻一船人，把所有的狀況都視為犯罪，未免太過蠻橫了也說不定。」

聽子對犬養軟化的態度產生反應，表現出猜忌的神貌，似乎是在打量他真正的目的。

只差臨門一腳了。

再多施點力，就能拿下聽子。

「我想問的不是Doctor Death對正人做了什麼，而是他的目擊情報。如你剛才所說，要制裁過去犯下的罪並不容易，但我們可以想辦法對付最近發生、以及未來可能會發生的犯罪。」

繼續追擊，不能給對方任何思考的餘地。

「你能明白嗎？能提供與 Doctor Death 有關的證詞，阻止他的行動、遏止他犯罪的人就是你了。」

聰子看起來陷入了一陣思考，但不久後便戰戰兢兢地開口。

「真的只有這樣嗎？」

聲音聽起來很真誠。

「只要把他的長相和特徵告訴你們，警方就不會再打擾我們了吧？」

犬養無法輕易允諾，但如今遺體都已經火葬，想要證明岸田正人遭到他殺恐怕是難如登天。就算真的抓到 Doctor Death，會被問罪的也只有實際動手的 Doctor Death，聰子協助自殺行為一事恐怕沒辦法成案。

「我認為光靠 Doctor Death 的自白，很難追究所有相關人員的刑責。協助他進行加工自殺的是患者家屬，而患者症狀又如此嚴重，相信也有充分的酌情減刑餘地。再加上檢察官也不太喜歡打沒什麼勝算的官司。」

犬養換上一副具有同理心的眼光看著聰子。以前他曾為了當演員而學過一點演技，這點小伎倆難不倒他。

最後聰子無力地垂下頭，那是至今繃緊的線斷裂的瞬間。

「那個醫生是在信件往來結束後才來家裡的，在那之前別說是臉，連聲音都不曾聽過。」

「來的是一個人，還是兩個人？」

「兩個人，一個醫生、一個是女護理師。」

「請你告訴我們醫生的長相。」

關於這個……聰子突然變得支支吾吾。

「說來奇怪，可是我對他沒什麼印象。他跟我一樣高，所以身高應該偏矮，然後頭頂部分是禿的，不過臉型和五官就記得不是很清楚……」

「對方有將臉遮住嗎？」

「也沒有，但就是那種隨處可見的長相……沒什麼明顯的特徵，只記得好像是個沒什麼氣勢、看起來弱不禁風的人。」

「那跟他一起來的護理師呢？」

「我從一開始就比較沒注意護理師……所以沒怎麼看她的模樣。」

考量到聰子的心理，這也不難理解。她自然會把注意力全部放在執行的醫生身上，其他東西根本就進不了她的眼簾。不過到頭來她腦中的印象這麼模糊，對犬養來說只有遺憾兩個字可以形容。

以防萬一，犬養提議請她繪製肖像畫，但聰子沒什麼自信，不停地搖頭。

隔天星期六，犬養與明日香前往千葉縣市川市的行德。

東京地鐵行德站周圍蓋滿了亮麗的新大樓，不過越靠近舊江戶川一帶，城市的面貌也逐漸改變，不僅神社佛寺變多，也處處看得見民宅。

「總覺得偵查範圍越拉越大了。」

明日香不經意的一句話，重重壓在犬養肩上。三雲那份名單上的人並非全都住在首都圈，最遠甚至還有靜岡和名古屋。他們心裡再清楚不過，這起案子如果一直辦下去，勢必得到那些地方跑一趟，單靠兩人進行追蹤調查的作法才開始沒多久就面臨了極限。

然而 Doctor Death 是單獨來去顧客之間，要我方大張旗鼓追蹤對方一個人的行動軌跡，老實說也不是滋味。所以直到真的行不通之前，他們都打算靠兩個人查出對方的行蹤。

他們很快就找到這次要拜訪的地點。礪波達志，在市內的汽車生產工廠上班的五十五歲男子。今天是假日，他應該會在家裡。

礪波是名單上面出現的第八個名字，由於三雲是根據留言的新舊順序編排名字，所以排在第八個，代表這是很久以前的紀錄了。

礪波的母親多津於前年過世，據說多津過去因為患有心臟疾病，過著在家療養的生活，而礪波某天早上起來，突然發現母親的身子已經沒了溫度。

接獲通知趕來的醫生診斷多津為猝死，轄區警署也判定沒有犯罪性質。長年臥病在床的高齡者毫無後遺症便離開人世的情況並不少見，據說從前的日本認為這種死法是一大福氣。

然而名單上出現礪波的名字，使多津的死因頓時可疑了起來。雖然不清楚他跟Doctor Death談了些什麼，但礪波留言的時間是在多津死亡的一個月前，這一點讓整件事情加倍可疑。

按下門鈴，表明身分後不久，一名男子開門走了出來。這名身穿運動服、鬍子沒刮乾淨的男子就是礪波。

「幹嘛啊，警察一大就找上門？」

「我們是為了過世的礪波多津女士而來的。」

「……都多久以前的事了。」

礪波嘟噥幾聲，準備關上大門。犬養立刻將腳插入門縫阻擋。

「請先等一下，能不能請你協助我們辦案呢？」

「我老媽走得很瀟灑，沒什麼好協助的。」

他的話中處處顯露焦慮，而且他打從開門以來就一直沒有直視犬養，這個態度也很令人在意。

「只要和我們聊聊就可以了。」

「我跟你們沒話好聊。」

「可是在府上門口這樣問來問去也會造成鄰居的困擾吧？」

雖然造成困擾的人是犬養，但這種說法在住宅區效果十足。礪波左看看右看看，最後還是讓犬養跟明日香進屋，只是他看起來快氣炸了。

玄關處已經飄出一股餿味。這並不是食物腐敗的味道，而是一個人的本性爛到根柢所產生的氣味。

「比起鄰居的困擾，我的困擾更大。說完就快滾吧。」

語氣堅定，目光卻十分游移。看樣子他並不打算讓犬養他們繼續往裡面走，不過對方已經顯露動搖的跡象了，犬養心想這次恐怕在玄關就可以搞定……。

「問完必要的問題，我們馬上就離開。多津女士是於前年的十一月過世對吧？」

「對，那又怎樣？」

「你一個人住這裡嗎？」

「我老婆在老媽失智的時候就跑了，所以老媽死後我就是一個人住。」

「聽說令堂病得很久？」

「她心臟不好啊，而且又癡呆，可辛苦了。不僅要餵她吃飯，還得把屎把尿，就算抱怨再多還是不得不做。連我這個親生兒子有時都受不了了，別人家嫁過來的媳婦覺得討厭也是沒辦法的事。」

「聽說發現多津女士過世的人是你？」

「那天早上很冷，我原本要叫她起來吃早餐，結果發現她已經變得冷冰冰的了，明明前一天晚上還沒有什麼徵兆。我馬上把醫生叫來，可是醫生也沒法子。警察也有來，不過和醫生交談幾句就走了。」

礪波不屑地說：

「醫生跟警察都那死樣子，真的需要幫忙時一點屁用都沒有。平常架子擺這麼大，卻連一個老人都救不了。好了，我說完了。聽完就快走。」

「如果這樣就能解決，我們當然會回去。礪波先生，令堂過世前一個月左右，你有沒有因為這件事情和誰聯絡過呢？」

礪波突然悶不作聲。

犬養心想，如果你覺得沉默就不會有事，那可就大錯特錯了。

「我們正在追查一個自稱 Doctor Death 的人，經調查後發現，你曾經造訪過這個人開設的網站。你應該知道吧，無論在網路上使用什麼名稱，只要追蹤的話都有辦法找出使用者的真實身分。」

「……誰知道。」

「有種東西叫作 IP 位址——」

「我說不知道就是不知道！」

礪波大發脾氣，但在犬養眼中只看到他有所隱瞞。

「你當時點進的網站是幫人安樂死的網站。你不只是看，還留言給管理員。然後過了一個月，令堂就過世了。明明病了這麼久，卻走得像接受了安樂死一樣——」

「你很煩人！」

「即便如此，我也不打算張揚這件事。總之整個發展看下來，要說是偶然，還是有些地方說不過去。你到底和 Doctor Death 談了些什麼？」

犬養說完後直盯著礪波看。由於礪波不高，他必須抬頭仰視高挑的犬養，看起來彷彿像是快被吞了。犬養盤算著這樣可以對對方施加壓力。

不過礪波此時做出了預料之外的反應。不僅沒有移開眼神，反而回瞪犬養。

「鬼話連篇。我已經說過多少次了，我根本就沒聽過那種傢伙。」

「只要調查你的電腦，輕輕鬆鬆就能找出寄件備份。」

「如果當時的電腦還在的話。」

「難不成你把電腦……」

礪波揚起嘴角的瞬間，犬養聽懂了。

「是啊，那是我在 Windows 出新一代產品時買下的舊型號，可是後來越來越不好用，所以去年就換了台新的。」

混帳。犬養在心中咒罵。他肯定是在母親過世後為了湮滅證據才把電腦處理掉的。這麼一來就算有留言紀錄，他手上沒那台電腦也不能拿他怎麼樣。

但犬養可不能讓對方察覺到己方形勢不利。

「你以前那台電腦怎麼了？」

「我可不想讓別人亂翻我的個人興趣，所以把硬碟拔下來敲了個稀巴爛。雖然我是丟廢電器回收，但就算現在真的找出來也沒辦法復原裡面的資料了吧。」

「你認為只要沒有東西，就查不出個所以然是嗎？如果是在自宅進行安樂死的話，那個黑暗醫生就絕對來過這裡，肯定會有街坊鄰居目擊到他上門。」

「目擊啊。」

礪波嘲諷地笑了笑。

「如果發現看都沒看過的人走進別人家，一般人會聯想到安樂死嗎？別笑掉我的大牙了。」

居然算到了這一步嗎。

「我搞不好看過那個叫 Doctor Death 的男人開設的網站、搞不好也真的有留言過，但肯定不是什麼重要的事情，所以我才忘了。或許有人來過我家，但醫生到一個有病患的人家裡有什麼好大驚小怪的？醫生已經開證明說我媽是猝死，轄區的警察也確認過沒有問題，好啦，這件事情到底哪裡奇怪？你既然覺得可疑，證據拿出來我看看啊。」

「礪波先生，你好像有些誤會，所以我先說明一下。我們並不是來逮捕你的，只是想抓到Doctor Death罷了。」

「是喔。那真是辛苦啦。」

「如果你協助我們辦案自然是沒問題，但如果你拒絕的話，我們得認為你有包庇犯人的嫌疑。」

「包庇啊。我怎麼有辦法隱瞞一開始就沒有的東西呢？」

礪波很明顯滿嘴謊言，但犬養手上沒有任何可以證明他說謊的把柄。礪波也很清楚這一點，態度才如此強硬。

「無論如何你都不願意協助我們嗎？」

「要我講幾遍?快滾。我記得如果請人離開超過三次，對方還不走的話，就可以告他非法入侵還是什麼的沒錯吧？」

不知道他是從哪裡學到這種道聽塗說的話，但礪波的態度始終沒有軟化，確實也沒有久留的價值。

「如果你回心轉意了再連絡我們。」

礪波接過名片，當場撕掉。

「回心轉意個屁，蠢斃了。誰會仰賴警察這種派不上用場的東西。」

礪波狠狠地瞪著犬養。那副眼神，是一直以來不曾被關心的人破口大罵時會出現的東西。

「你們在我們有困難時不出手幫忙，早期老媽走失時也沒認真幫忙找人。這個國家也一樣，明明繳了那麼多年的稅金跟保險，真的碰到有家人臥病不起的時候，也不幫忙準備個看護。每一間機構都爆滿，好一點的老人安養院又貴到嚇人，乾脆用搶的還比較快。我們這些自己在家照護的人越來越累，而且照護那麼花時間，根本沒辦法好好工作。賺的錢變少，結果更讓人心累，就這樣一直惡性循環。我是不知道你們到底在追查什麼傢伙，但他跟你們比起來，起碼在解決長照的問題上有能力多了。」

3

犬養和明日香之後繼續追查留言者，但卻遲遲未有進展。

兩人繼續照順序一個個調查，甚至大老遠跑到靜岡和名古屋找往生者的家屬，強迫人家打開大門。

然而他們並沒有獲得任何有力情報。家屬的反應分成兩種，一種跟岸田聰子一樣不情不願地承認自己和 Doctor Death 有瓜葛；另一種則像礪波一樣矢口否認。當然大多數人的反應都和礪波差不多，只有極少數人承認自己替家人進行了安樂死。而且那些坦承的少數人對於 Doctor Death 的長相還提供不出個可靠的證詞。

眼睛很大，不對，應該是像狐狸一般的細眼睛。

眉毛很粗，等等，好像是柳葉眉。

看起來很溫和，不對，好像是很刻薄。

感覺有點胖，等等，他身上沒什麼贅肉。

各種證詞相互矛盾。到最後唯一共同的特徵就只有他是個禿頭、身高不高的男子。

「Doctor Death 是不是無臉的野篦坊啊？」

麻生當著犬養與明日香的面啐罵。

「明明還算有些目擊情報，卻連一張肖像畫都畫不出來。」

麻生會惱怒也是其來有自。警方請一開始提供 Doctor Death 目擊情報的馬籠大地和其母親小枝子到本部協助肖像畫繪製，到這裡都還沒問題，可是兩個人的意見南轅北轍，畫出來的兩張肖像畫根本看不出是同一個人。

「現實中真的有那種存在感很低的人嘛。」

明日香似乎是想安慰麻生才補了一句。

「聽大地說，他的注意力一直放在 Doctor Death 的頭頂……要是某部分的特徵太過突出，其他的特徵就被忽視了。」

「哦。不過話說回來，共通點就只有禿頭、矮小男子這兩點，人類的記憶力有這麼靠不住嗎？」

聽這諷刺的語氣，犬養不難猜到麻生在想什麼。

「班長，你認為目擊者的證詞是捏造的嗎？」

「你說對了。」

麻生笑也不笑。

「Doctor Death的目擊者，除了馬籠大地之外，全都是委託他進行安樂死的人，一旦他遭到逮捕，最後自己也會因為加工自殺罪而被抓起來，所以他們提供的證詞當然會這麼模糊。甚至可以說他們是不希望Doctor Death被抓才做偽證。」

犬養也想過這件事。然而他們不能因為這樣就只根據大地的證詞拼湊出犯人的肖像，這麼做風險太大了。如果大地的證詞本身就有問題，那麼未來搜查本部、一般市民都有可能被錯誤資訊誤導。

「真是徹頭徹尾都令人討厭的案子，令人討厭的犯人、令人討厭的關係人。你不這麼覺得嗎，高千穗？」

「全部都令人討厭嗎？」

「Doctor Death就別說了，我也不爽那些人因為自己曾協助安樂死，就袒護那傢伙的這種氣氛。你跟我說那是尊重個人自主結束生命的權利？一群假道學。最後不也只是在滿足自己的殺人衝動而已嗎？」

「可是，即使是這樣也不能說他們就是在袒護犯人吧……」

「不積極表示協助意願、不想提供證詞，你說這不是袒護是什麼？」

麻生以右拳敲向自己的左手掌。

「我可以理解想讓為疾病所苦的患者解脫的心情，但Doctor Death幹的純粹是加工自殺，只是因為過程中沒有被害者，才沒有人出聲責難。然而這群人居然把他當義賊一樣看待。」

「就因為法律上不承認……」

明日香說到一半便打住，可能也認為再繼續說下去，只會演變成上次和犬養進行過的問答而已。

「你想說Doctor Death是基於醫者的良心才會尋找想要安樂死的人嗎？如果是正當的醫生，比起殺人，應該會把心力投注在救人上吧。這個黑暗醫生連假裝治療都不裝一下，和家屬只透過郵件往來，然後突然就帶著氯化鉀來到患者身邊。到底哪個世界的醫生會這樣殺氣騰騰的？」

麻生一連串罵完後，再次面對犬養。

「岸田聰子是怎麼支付報酬給 Doctor Death 的？如果是匯款的話就能查出對方的聯絡方式……」

「聽說和馬籠健一那個時候一樣，是當場直接交付現金。沒辦法，從這個方向下手找不到人。一想到這裡，不禁覺得二十萬實在是一個恰到好處的金額，小是沒小到哪裡去，卻也不是需要利用匯款方式支付的大錢，非常適合親手轉交。而且委託者也不必想東想西，因為交付現金時什麼證據也不會留下來。」

麻生氣得罵了聲「混蛋」，接著對犬養投以別有深意的眼神。

「你之前提議的那個方法，要試試看嗎？」

如我所料。

麻生指的是透過網站來接觸 Doctor Death 的方法。犬養已經預料到如果目擊證詞毛病百出，麻生肯定會說出這句話。

「你有自信騙過 Doctor Death 嗎？」

「先不論有沒有辦法成功騙到底，從他至今的行動模式來看，應該會有所反應的。」

「什麼時候進行？」

「能不能等到明天？我也要做些事前準備。」

麻生一時露出訝異的表情，但最後認可地點了點頭。

離開本部後，犬養獨自前往帝都大學附設醫院。為了要和沙耶香說明事情原委。原則上警察嚴禁對外透漏辦案資訊，但這次卻不得不這麼做。依情況來看，難保對方不會將魔爪伸到自己的女兒身上，所以他必須向女兒坦誠說明，並注意不觸及機密。若站在顧及一般市民的角度來看，這麼做應該也還在容許範圍內。

由於犬養來探望過很多次，他對醫院裡的環境簡直熟得就跟自己家的庭園沒兩樣。他一路和擦身而過的護理師與患者點頭打招呼，朝著病房走去。

探望女兒原本是能好好放鬆的片刻幸福，今天卻令他感到沉悶。犬養因為個人因素，造成一家四散，原本和父親疏遠得不得了的沙耶香，最近才漸漸冰釋前嫌。雖然現在犬養把事情告訴她的話，可能又會被埋怨就是了。

沙耶香和平時一樣坐在床上看書。當她看到犬養時，表情放鬆了下來。這小小的舉動對今天的犬養來說很不好受。

「看什麼書啊？」

「腐女的雅趣。」

沙耶香笑著讓犬養看封面，上面有兩個感覺會出現在少女漫畫中的瀟灑男子，分別站在吧檯兩邊。

「是推理小說還是什麼的嗎？」

「這兩個主角因為友情分分合合，有時吵架、有時擁抱，大概就是這種故事。」

「這種故事有趣嗎？沒有什麼殺人事件或動作場面？」

「我不太喜歡有人死掉的故事呢。」

雖然沙耶香沒有別的意思，但現在聽在犬養耳裡卻有些沉重。

「我從小就異常強壯，所以沒有什麼治療跟住院的經驗。」

「哦……這樣很好啊。」

「我想問個失禮的問題。洗腎很辛苦嗎？」

沙耶香瞬間顯得不太高興。

「……你覺得不辛苦嗎？你也看過好幾次我洗腎過後是什麼樣子了吧？」

「問了個蠢問題呢，對不起。」

犬養慌慌張張地道歉，看來他一下子就踩到了地雷。

「為什麼要問我這種事情？」

「我現在正在追查一個叫 Doctor Death 的人，你聽過嗎？」

沙耶香一臉不悅地點點頭。

「幫人家安樂死，然後收取費用的人嗎？」

「社會上雖然也有支持他的人，但我是警察，必須將他繩之以法。因為無關善意惡意，事實上他確實殺了人。至於行為正不正確，就交給法院去決定。」

「就知道你會這麼說。」

「可是一般人不像我能分得這麼清楚，尤其是委託 Doctor Death 進行安樂死的家屬之中，應該有不少人很感謝他吧。畢竟他是不惜觸法也要帶給患者安息、帶給家屬安寧的恩人。既然是恩人，自然不會想把他出賣給警察。」

「他們很不願意配合警方吧。」

「托他們的福，調查遲遲沒有進展。所以我想到一個辦法，就是由我自己成為委託者，直接和 Doctor Death 接觸。」

沙耶香似乎被這個想法嚇到了。

「你要當誘餌？」

「對。因為對方恐怕也只會和站在這種立場的人見面吧。」

機敏的沙耶香已經猜到犬養在想什麼了。

「所以狀況就是假設你有一個想讓他安樂死的親人就對了。」

沙耶香的語氣雖然變得酸溜溜的，但犬養並不打算辯解。

「沒錯。這次的對手做事謹慎到家，如果隨便編個謊言，馬上就會被識破。」

「警察的個人隱私這麼簡單就能查到嗎？」

「公務員的個人資訊受到完美的保護……會這麼想的只有一般善良老百姓。在天天從事網路犯罪的人眼裡，那些保全系統根本形同虛設。」

「唔……所以要拿我引犯人上鉤就對了。」

「我們不會公開你的名字。我打算暫時修改警察廳內保存的資料，把你的名字跟住的醫院都改成其他名稱，絕對不會造成你的困擾。」

「還可以竄改資料喔？」

「這是為了逮捕犯人的緊急手段。我會讓上面接受的。」

「既然是要捏造成另一個身分的女兒，那告訴我幹嘛？這不是警察的機密事項嗎？」

「就算只是捏造，畢竟要利用的是自己的女兒，如果不告知你就這麼做，你應該也會感受很差吧？」

「問題根本不在那裡，你連這種事情都不懂嗎？」

沙耶香最後還是把身子轉了過去。

「我不管你要竄改資料還是幹嘛的，在你打算利用女兒來辦案的那一刻起，你就是一個很過分的父親了，你沒自覺嗎？」

「我說了很多次，絕對不會讓他動到你一根手指。」

「我就說問題不在這裡了！」

沙耶香突然提高了音量。

「你為什麼會有那種把家人捲進工作的想法？太扯了。」

犬養無言以對。同時他也了悟，比起父親，他自己還更重視刑警的身分。事已至此，最後也不得不把這句話搬出來了。

「你在難受的洗腎過程，有沒有想過乾脆死掉算了？」

沒有回應。

「就像我剛才說的，我自己並沒有生病受苦的經驗，所以就算能理解希望安樂死的患者是什麼心情，也無法打從心底接受。因為我一直認為，無論現在有多痛苦，只要活著一定會有好事發生。或許患者聽了，會覺得這只是沒嘗過痛苦的人才說得出口的自以為是，但比起不懂裝懂，我這樣也比較誠實不是嗎？另外，這樣講或許很卑鄙，但就算你痛苦得不想活了，我到最後的最後，應該都不會願意讓你接受安樂死。我知道我這樣很自私自利，但我還是要說，我希望你活下去，我不希望你放棄為了活下去而付出的努力。在社會上那些聲張人權的人眼裡，我這種想法一定很狹隘、落伍、也很權威吧。但我還是希望你活下去。無論再怎麼難受、辛苦，只要你還活著，對我來說就是種救贖。」

眼前的背影微微動了一下。

「當然這只是我的一廂情願，這個社會還有很多人認為替家屬安樂死才是愛情的表現。問題不在於誰對誰錯，可能只是大家愛的形式不一樣而已。所以我作為一名父親，無法完全否定Doctor Death的行為，但作為一名刑警的話就另當別論了。至少Doctor Death的存在造成了世間的恐慌，而清除社會的不安因素，就是警察的工作。」

「……就算那個人在做的事情，有很多人贊同也一樣嗎？」

「警察可不是看社會人情行動的。」

這麼一來，他就善盡向女兒說明的義務了。即便這麼做會使父女的關係再次疏離，他也只能自嘲是自作自受。

「總之，不管事情怎麼發展都不會牽連到你。放心吧。」

就在犬養打開門時，身後拋來一句話：

「……你從以前就這樣。」

「什麼？」

「只會在話說完之後補一句交給我、不用擔心，可是從來就沒有真的陪在我身邊過。」

犬養無言以對，而沙耶香又補上關鍵的一句。

「既然都誇下海口了，你最好負責保護我到底喔。」

「……我知道。」

和來到這裡時相比，返回本部的腳步因為緊張而更加僵硬了。

回到刑警辦公室，麻生與明日香正等著他。

「久等了。我這邊已經準備完成，趕快跟那個黑暗醫生接觸吧。」

「這麼做真的好嗎？」

麻生難得顧慮到犬養的心情。

「這主意確實不錯，所以我二話不說就贊成了。但如果想讓對方上鉤，必須提供相當程度的情報。你那邊都沒問題嗎？」

他已經告訴過麻生，自己把個人資料中關於親屬的部分暫時改掉了。

「一個現役警察，有一名不具有親權、因腎衰竭而受苦的女兒。女兒的名字雖然還不能公開，但目前住在都內的警察醫院……這個設定跟現實狀況未免也太接近了，真的有必要說自己是現役警察嗎？」

「就是說啊。這樣簡直就像是在告訴人家這是陷阱不是嗎？」

「所以反而更加具有可信度。」

犬養說明，並同時解答明日香的問題。

「他一定會想，現在媒體到處都在報自己的名字，天底下還會有哪個笨蛋敢頂著警察的名義接近他？」

「可是真的有必要刻意表明警察的身分嗎？而且犬養先生還讓本名曝光了。」

明日香看起來還是很擔心。

「看他極力減少和委託者接觸的機會，就知道他是個十分小心翼翼的人。既然謹慎到這種地步，肯定會徹底調查委託者的身分。隨便用那種查一下就會被揭穿的假資料反而危險。」

「你該不會覺得 Doctor Death 會入侵警方的主機吧？再怎麼樣也太看得起他了……」

「面對真面目不明的對手，考慮周詳一點比較保險。」

只不過，他無論如何都想保護好沙耶香的資料。即使他以刑警身分優先，最後一刻仍然顯露了身為父親的那張面孔，這或許是犬養作為一個警察的極限。

對 Doctor Death 設下的陷阱計畫如下所述。

首先，犬養以本名進入「Doctor Death 的往診室」，並填寫聯絡表單。表示自己不忍心看到女兒繼續因為腎衰竭而受苦，然後從媒體報導得知了 Doctor Death 這號人物，於是想請他幫女兒進行安樂死。犬養設定女兒住在警察醫院，因為這樣才有辦法對住院患者的資料動手腳，就算 Doctor Death 駭入警察醫院的主機，計畫也不會出現破綻。

Doctor Death 應該會進一步要求更詳細的資訊，犬養熟悉沙耶香與病魔搏鬥的經歷，所以無論要描述得多鉅細靡遺都難不倒他。

一旦成功簽訂安樂死契約，對方就等於落網了。只要派警隊蹲守醫院，便能在 Doctor Death 進入病房的瞬間將他逮捕。他身上應該藏有氯化鉀製劑，光憑這件事實就足以將他拘留，之後再於拘留期間慢慢審問他就好。

「刑事部長已經替我們跟院方談過了，他們會空下一間病房，假裝裡面住著一位患有腎衰竭，名叫『犬養結衣』的女孩子。他們隨時都可以著手安排。」

即使麻生有些嫌怨，但也毫不隱瞞期待。犬養心想，他這是將下屬的個人隱私與逮捕犯人兩件事情放上天平衡量而產生的複雜心境吧。

犬養打開自己帶來的私人電腦。由於不是跟警視廳借來的東西，所以不必擔心會被對方察覺。年輕人的話應該會用手機，不過犬養這個年紀，用電腦會比較有說服力。

他上網搜尋「Doctor Death 的往診室」，接著登入網站。前陣子因為太多人造訪而癱瘓的網站，最近已經恢復平靜，可以正常瀏覽了。

犬養看到造訪人次大吃一驚，沒想到這麼輕鬆就突破一萬人次了。事件曝光時也才兩千多人而已，所以算起來，這麼短的時間內就成長了五倍。

他馬上填寫聯絡表單。

『您好，我叫犬養隼人。我因為報導和工作關係，得知了醫生您的存在，所以決定寄信聯絡您。

我有一名今年將滿十六歲的女兒，可是她幾年前罹患了腎衰竭，如今正為尿毒症所苦。相信您也知道，尿毒症必須透過反覆人工透析來控制病情，可是我那堅強的女兒不管是體力還是精神都面臨極限，最近開始會嘟囔著不如死掉算了。一開始我雖然會帶著氣憤的心情鼓勵她，但一直聽她這麼抱怨，不禁也開始思考是不是該讓女兒就這麼安息。

不好意思現在才告訴您，我是一名現役警察。所以我是在非常清楚這個想法違反了法律的情況下，依然想請醫生您幫忙的。

能不能請您讓小女安詳地離開人世呢？

身為一名警察卻如此強烈要求他人做出違法的行為，確實當之有愧，可是願女兒安寧的父母心還是更勝一籌。』

鍵盤敲著敲著，犬養突然產生了奇怪的感覺。他打的內容當然是為了勾起對方興趣的作文，但隨著寫下一句又一句話，他陷入一種彷彿是另一個人格在書寫文章的錯覺。

『無論再高尚的職業，工作也不過是工作，始終無法戰勝家人間的牽絆。若是為了女兒，我已經做好覺悟了，即使要背叛警界也在所不辭。

醫生，求求您聽聽我與小女真誠的請求。萬事拜託了。』

文章打完，輸入圖片認證後就搞定了。這麼一來，委託應該會順利地送到 Doctor Death 手上。

一直站在犬養身後看他打字的麻生，低哼了一聲後回到自己的位子上。
「寫得很文情並茂嘛。你在學著當演員的時候也順便學了怎麼寫劇本嗎？」
「我是覺得自己寫得很普通。」
「不不不，這謊撒得很好，因為有九成都是真的，這種謊言最難看穿了。之所以選擇直接拿腎衰竭來用，果然是因為你比較熟悉的關係嗎？」
「這也是原因之一，另外一點是腎衰竭會導致體內鉀離子排解不順，容易引發高血鉀症。如果是高血鉀症，那麼 Doctor Death 想要偽裝成病死的話也容易得多。」
麻生似乎還想再說些什麼，但最後選擇打住。幸好，如果再繼續追究下去，犬養可能就會把沒必要說出口的事情也講出來。明日香帶著一副難以言喻的表情閱讀犬養打的內容。
犬養自己在填寫表單時，也明白了一件事情，就是自己還在刑警與父親兩種身分間搖擺不定。
「你想他會上鉤嗎？犬養。」
「假如 Doctor Death 的個性和我想像的一樣，那他一定會上鉤。」
「在你的想像中，他是怎麼樣的一個犯人？」
「自信滿滿，卻克己慎行，對於自己的正義深信不疑，且對他人的不幸十分敏銳。在那副不起眼的外表下，其實是如惡魔梅菲斯特一般的男人。如果是這種人，肯定會對拋棄職業倫理的警察感興趣的。」

「我的看法跟你一樣。該怎麼講，這傢伙的心靈真是扭曲到家。帶著信念犯下一樁樁案子，篤信自己的行為就是正義。越是這種個性的人，越容易被漫天大謊騙到。」

明日香插嘴詢問為什麼。

「因為深信自己的行為是正義的人大多都是蠢蛋。」

明日香面露慍色，但麻生不給她任何反駁的機會。

「高千穗，你先離開一下。」

「咦？」

「反正先離開一下就對了。」

明日香不情願地離開房間後，麻生把犬養叫過來。

「什麼事？」

「這次的情況，你有跟你女兒說嗎？」

「有。」

「她反應如何？」

「整個人轉過身去，看都不看我一眼。」

「我總是很佩服你的點子和執著……但這樣真的好嗎？先不說你自己，讓女兒承擔這種風險不好吧？」

「班長，如果你顧慮這件事情……」

「不，這話是刑事部長說的。如果因為這個案子讓你女兒這個一般市民受害，搜查本部可吃不完兜著走。」

原來是這麼一回事……雖然心涼了一截，但犬養也藉此冷靜了下來。

沒什麼。萬一真的出什麼差錯，只要在 Doctor Death 對沙耶香下手前將他抓起來就好了。

明明應該收到不少謾罵的訊息，Doctor Death 倒是沒花多少時間就挑出了犬養的委託。隔天，犬養的電腦就收到了回覆。

「快打開。」

麻生在身後催促犬養，他一打開留言欄，出現的內容如下。

『犬養先生，您好。我是 Doctor Death，感謝您的聯絡。

我已經了解您的困擾，那麼我需要檢討一下您的案子，所以請您告訴我患者最近的症狀，另外如果知道的話，也請一併提供令千金定期使用的藥物名稱與單次用量。之後會再跟您聯絡，告知檢討後得出的結論。』

「他還真的咬住了你丟的餌呢。」

麻生的聲音聽起來就像意外釣上大魚的釣客一樣興奮。一旁專心盯著螢幕的明日香也露出期待的眼神。

「你有辦法馬上回答嗎？」

「我以前跟主治醫師請教過用藥的種類。」

犬養從記憶的櫥櫃，抽出沙耶香病情最嚴重時的記憶。由於洗腎會令患者產生某些無法控制的反應，所以當時的主治醫師真境名教授開了一份抑制那種反應的藥，另外也開了一份補充營養的藥，好填補因腎衰竭而吸收不足的養分。

他條列所有事項，按下送出後，沒過多久又收到回覆。

『感謝您迅速回覆。看了症狀的詳情與使用藥物的紀錄，便能深刻體會到犬養先生是多麼認真地陪伴女兒一同與病魔奮鬥。

就您所描述的症狀來看，若是二十四小時都受到如此令人害怕的劇痛侵襲，體力與精神遭到耗損也是無以避免。雖然處方確實是對症下藥，卻只是治標不治本。這種情況下，最適合的方法是腎臟移植，但這個國家對器官移植的門檻設定太高，想移植也沒那麼容易。

雖然有些於心不忍，但我認為犬養先生與令千金的委託內容確實符合安樂死的條件。

我接受您的委託。

這邊做好準備後會再通知您執行的日期，請於當天之前準備好執行所需的費用二十萬圓現金。另外請告訴我令千金的芳名與所住的醫院名稱、病房號碼。』
「哼，還所需費用咧。」
麻生發出輕蔑的笑聲。
「自殺裝置跟超過致死量的氯化鉀製劑，再加上交通費，合計二十萬圓啊。就讓一個人安樂死來說，這個金額確實算得上是所需的費用。喂，把他的回覆列印下來。」
麻生拿起立刻被印出來的回覆竊笑著。
「刑事部長如果看到這東西應該就能放心了吧。獵物朝著我們撒的網一直線衝過來，之後只要收網，丟進魚籠就解決了。犬養，你網子給我佈得仔細一點啊。」
接獲命令後，犬養再次填寫聯絡表單。
『醫生，十分感謝您的幫忙。以下是小女住的醫院與各項資訊。
姓名　犬養結衣
醫院　東京警察醫院（東京都中野區中野四丁目二二番一號）
病房　四樓四〇五號房
那麼靜候您的聯絡』

這麼一來網子就撒好了，接下來只須等對方告知執行日期。

「雖然到最後一刻都大意不得，不過這傢伙還真是傻得可以。」

嘴上這麼說，麻生的語氣聽起來卻早已鬆懈。

然而犬養的心中卻接收到遠方響起的警報。不論是什麼樣的案子，在逮捕犯人的那一瞬間都是最危險的一刻。

他沒來由地感到不安。

到了隔天，Doctor Death 發來執行日期的通知。

『我會於十月二十三日，上午十一點三十分前往警察醫院。

請犬養先生在病房內等待。另外，煩請做好安排，讓那段時間除了您與令千金之外沒有任何人在場。

執行的必要時間約需二十分鐘。裝置一旦設置完成，我人便會離開，望您諒解。』

一晃眼，二十三號馬上就到了。院內共有十五名扮成住院患者的警察，而安排的病房所在的四樓，十六名便衣警察分別待在其他病房中待命，全體總計有三十一名警察屏息以待 Doctor Death 出現。

至於犬養則獨自在四〇五號房靜待時間到來。距離約定的時間還有五分鐘，然而他卻還沒接到在附近埋伏的明日香所傳來的任何報告。照理說有任何動靜的話，她都會透過耳機聯絡，難不成是院內還沒發現任何疑似是 Doctor Death 的人物嗎？

在不安的驅使下，犬養還去確認了門外的號碼牌，是「405」沒錯。這個舉動雖然很孩子氣，但他起碼確定自己沒有搞錯房間。

還剩三分鐘，越來越緊張了。

逮捕犯人的步驟非常單純，設置在外頭走廊天花板上的監視器一直都拍著四〇五號房門前的狀況。一旦有人走進病房，在護理師站盯著螢幕的麻生就會發出指示，所有潛藏在四樓的搜查員便會一齊湧上制住那個人。

然而醫院內卻還不見目標的身影。明明從一樓來到這間病房需要五分鐘以上的時間。

剩下一分鐘。

到了這個地步，犬養開始懷疑是不是自己寫給 Doctor Death 的文章出了問題，有沒有看起來很假的描述？是不是把腎衰竭的症狀講得太誇張了？還是我提供的藥品名稱有誤？

然後，時間來到了十一點三十分。

依然毫無動靜。

不安流竄全身。

怎麼可能，難不成我們的應對出了什麼差錯嗎？

病房外沒有人的氣息，明日香那邊也沒有聯絡。

一分鐘過去。到底是怎麼一回事？

三分鐘過去。難道 Doctor Death 出了意外？

五分鐘過去。可惡，落空了。

就在這個時候，手機響起來電鈴聲。是麻生打來的。

「班長，看樣子那傢伙已經看穿這個計——」

『被反將了一軍。』

「什麼？」

『剛才帝都大學附設醫院來了聯絡，說有人送了禮物要給沙耶香。』

「禮物？」

『是一包點滴袋，裡頭裝著氯化鉀製劑。』

犬養的腦袋瞬間一片空白。

「沙耶香、沙耶香她怎麼了！」

『別擔心，醫院沒那麼蠢，再怎麼樣也不可能把來路不明的點滴袋直接拿來用。他們馬上檢查內容物，然後聯絡了搜查本部。沙耶香平安無事。但我們的隱憂，應該說害怕的事情，在別的地方爆發了。』

「他不僅徹底看穿了我們的計畫，甚至連我、連醫院的個人情報都掌握得一清二楚……」

『沒錯。掉入陷阱的是我們。那傢伙用網路這個巨大的網子網住了我們。』

緊張的那條線繃斷的同時，犬養全身感到虛脫，癱軟地靠在牆壁上。

到了現在，他才緊張得全身上下如瀑布般飆汗。一想到如果點滴袋是直接送到沙耶香手上的情況，犬養整個人便背脊發涼。

一敗塗地。不僅是犬養，整個搜查本部都被 Doctor Death 玩弄於股掌之間。

但話又說回來，計畫到底是哪裡露了餡？

犬養失魂落魄地回到本部，發現電腦上收到了 Doctor Death 的訊息。

『犬養先生，很抱歉未能在約定的時間前往。為表歉意，我送了個薄禮給沙耶香小姐賠罪，不知道她還喜歡嗎？

不惜利用自己的女兒也要逮捕我，實在令人拍案叫絕。世上居然還存在著你這種暴虎馮河的警察，看來這個國家還有救呢。

只不過，雖然你具有行動力，卻欠缺危機管理能力。當你使用個人電腦的時候，難道沒想到過去的紀錄與個人資料有可能會被駭嗎？

要查出令千金的本名和所在位置，對我來說根本是小菜一碟。那間醫院的保全系統也十分粗糙，我可以不費吹灰之力就將沙耶香小姐的點滴換成氯化鉀製劑。當然，不顧患者意願進行安樂死有違我的原則，所以我並沒有實行。

不過我還是要警告你，今後別再到處打探我的行蹤了。我明白你們心中的尺無法丈量我的正義。然而試圖排除超乎自己理解的人事物，是一種邪惡的行為，這一點歷史已經證明了。』

送給沙耶香的點滴袋就放在護理站前面的長椅上，點滴袋本身和醫院使用的是同一個廠商的產品，而且上面寫著病房號碼和沙耶香的名字，如果是不知道院內規定的人拿到這東西，恐怕就會直接送到病房去了。

「護理站周邊沒有監視器，而且他似乎是看準護理師交接時的空檔放的，所以沒有任何目擊情報。」

麻生咬牙切齒，看起來十分懊悔。

「住院患者的資訊也是一樣，如果不知道院內規定根本辦不到這種事情。他媽的，那傢伙到底什麼時候查到這些東西的。」

麻生比平常更不掩飾情緒是有原因的，他打算透過這種方式來喚回犬養的平常心。犬養跟麻生認識這麼久，早就熟到有辦法看穿他的心思，而且他表現得實在太明顯了。

收到 Doctor Death 的訊息後過了一天，起初的震驚雖然淡化了不少，但身體依然記得那股腹部瞬間發涼的感覺。他也和狡猾的罪犯交手過數次，但這還是第一次連累到自己的家人。只有自己就算了，但他從沒想過，讓女兒的生命暴露在危險之下，竟會是如此恐怖。

老實說，他變得萎靡不振。雖然犬養很感謝麻生的關心，但似乎不足以驅逐這份恐懼。他平時打擊犯罪的鬥志已經受挫了。沙耶香被盯上，對他來說就是這麼嚴重的事情。

「你給我差不多一點，犬養。」

麻生放低語調。

「我不是不懂你會害怕，但越是這種人，我們就越不該放他逍遙法外，不是嗎？」

這種時候少跟我講大道理——想是這樣想，但他當然沒說出來。

「我不打算放他逍遙法外。」

「但你現在嚇到腿軟了。」

「怎麼可能，你想太多了。」

麻生瞪了犬養一眼，嘖了一聲。

「有人建議我把你換掉，但沙耶香也沒有受到實質的傷害，所以我拒絕了。你現在馬上給我去帝都大學附設醫院一趟。」

「為什麼？過去幹嘛？」

「你是被嚇到魂飛魄散了是不是？就算是未遂，當然也要詢問被害者啊。高千穗現在在那邊跟其他職員打聽消息，你過去跟她會合。」

麻生揮手趕人。這個上司的關心方式還真是笨拙，犬養雖然在內心抱怨，但還是前往了醫院。

醫院的護理師休息室前有好幾名鑑識同仁在地上爬來爬去，此外也有幾名便衣警察。聽麻生說，他們正在解析正面玄關監視器拍到的畫面，確認所有的出入人員，但現在似乎還沒找到疑似是 Doctor Death 的人。如果他當天還變裝的話，那實在只能說他太神出鬼沒了。

病房前有制服警察駐守。他們貌似已經接獲消息，所以看到犬養時露出了複雜的表情。

病床上的沙耶香背對著門口。

「沒事吧？」

雖然自覺問了個蠢問題，但犬養也想不到還能問什麼。

「不管怎樣，幸好假的點滴在送到病房前就被發現了。」

「幸好個頭啦。」

沙耶香久違地扯開了嗓子。

「其他的刑警先生都告訴我了。我根本、就不記得、有拜託過人家幫我安樂死。」

犬養無言以對。

犬養以前就聽說沙耶香每次洗腎時都很痛，也不是只有一兩次害怕她的尿毒症會繼續惡化下去，甚至還做過惡夢，夢到自己在沙耶香的喪禮上向前來弔唁的人致意。

對於家中有患病親人的人來說，安樂死是個甜美的誘惑，即使甩甩頭拒絕，只要有微微的契機，這個不祥的蠱惑還是會浮現在腦海。

「我還沒有絕望，也一直都相信病會好起來。」

「那還用說。」

犬養匆匆應了一句。

「你一定會痊癒的，器官移植捐贈者也一定會出現。」

「不要隨便下定論好不好，你又不是醫生還是器官移植協調師。」

「我……」

「爸，你是刑警不是嗎？那就趕快把那個 Doctor Death 抓起來，讓我安心啊。」

這句話有如當頭棒喝。

對啊，我到底在猶豫什麼？自己不是醫生，那麼能替沙耶香所做的，不就只有逮住犯人了嗎？

「在你抓到 Doctor Death 之前，我晚上都沒辦法安心睡覺。」

「……我想也是。」

「你把他逮捕之前不准再過來找我喔。」

「知道了。」

這裡也有一個不擅長表達心裡話的人呢。

「你乖乖等我。」

犬養語畢走出病房，連頭也不回。

經過走廊時，明日香正好從對面走來。

「哦，犬養先生。我剛好在找你。」

「怎樣？」

「鑑識報告出爐了。很遺憾，點滴袋上並沒有檢驗出帝都大學附設醫院相關人員之外的指紋。另外雖然仔細調查過護理站周遭，但同樣只有採集到醫院人員的指紋……」

看來明日香也難得顧及犬養的父親身分，帶著一副愧歉的辯解口吻向他報告。不過犬養一開始就不期待 Doctor Death 會留下線索。

「那，我們走吧。」

「欸？」

「你欸什麼，如果待在這裡沒辦法揪出他的狐狸尾巴，那就由我們主動追查不就得了。」

「要去哪裡？」

「那間點滴袋的醫療器材製造商。如果是醫療專用物品，流通的管道應該也很侷限，只要追蹤產品流水號就一定能找到那傢伙。如果進貨方是醫院，那麼Doctor Death就是院方人員，如果是個人名義，那就更求之不得了。」

急された死

趕辦之死

1

十月二十八日凌晨一點三十五分。

法條正宗在家人的守候下，靜靜地嚥下最後一口氣，享耆壽九十。他在慶祝完九十大壽後兩天便離開人世，走得十分幸福。

英輔看著父親的遺容，心中百感交集。雖然消瘦的臉頰上佈滿老人斑，但依然可以窺見他往年嚴厲個性的影子。這幾個月父親總是神色黯淡，看起來十分鬱卒，所以他往生時，家人也多少安下了一顆心。雖然他臥病不起，最後卻像睡著了一般死去。若回顧他波瀾壯闊的九十年人生，或許這也是最適合他的離開方式。

然而英輔環顧床邊的其他家人，卻感到憂鬱。即使現在這些人正為了正宗的逝世垂頭哀悼，到了隔天早上，他們恐怕又會換上一副貪得無厭的嘴臉對英輔咄咄逼人吧。不，肯定有好幾個人已經開始在研磨腹中劍了。

總資產四百億，旗下有多達二十三家企業的法條集團，群龍之首的過世絕對不只是單純一個人死去的小事，更何況是即使臥病在床仍屹立於集團頂端、下達各項詳細指示的正宗，他的離世肯定會帶給財經界與政治界偌大的衝擊。未來正式公布的人事消息，想必也會影響到股市。

大家心知肚明，遺產、代表權的繼承絕對會是媒體爭相報導的題材。所幸正宗留下了遺囑，如果他生前太過相信自己的健康狀況而沒立遺囑的話，明天開始恐怕就得面臨骨肉相殘的慘況了。就這一點來說，英輔也必須感謝好不容易造訪的死神。

當初正宗毫無預警地倒下，經檢查發現大腸癌已經轉移到肝臟與肺臟。檢查結果出爐至今，大多親屬異常關心誰會坐上正宗的繼承人大位。大腸癌第四期，要回歸職場也不太可能了。這個情況引發了不少不肖之人暗度陳倉，利用正宗的危機來圖謀自己的權力擴張。

尤其是現在正抓著正宗遺體哭泣的山岸加壽子。英輔的生母過世後，她毫無阻礙地溜進法條家就算了，為了擁立自己親生的孩子，便打壓宛如絆腳石的英輔。

加壽子的獨生寶貝惣一雖然為側室之子，但經營手腕高明。正宗之所以將山岸母子迎入法條家，也是因為看中他的才能。不過正宗並沒有因此看不起身為嫡子的英輔，甚至讓惣一扮演輔佐英輔的角色，似乎打算讓兩兄弟一同帶領集團。

然而加壽子對此怏怏不樂，所以她一直在暗中策畫，想要趁著正宗不在時將惣一推上總帥的寶座。

當你眼淚流乾後，到底會露出什麼樣的面目呢……英輔內心備感興趣。是會露出尖牙利爪咬向我，還是會搖搖尾巴表示順從呢？

事情想到一半，主治醫師帆村倉皇衝進寢室。

「聽說患者出狀況了？」

醫生以這句話代替打招呼，接著馬上開始替正宗診察。

脈搏、心音、以及瞳孔。

對在場的家屬來說，這不過是遲來的儀式罷了。帆村醫師在眉宇間刻下數道深沉的皺紋，最後向家屬一鞠躬。

「患者已經往生了。真是對不起，要是我再早一點趕到的話……」

然而沒有人責怪帆村醫師，畢竟正宗狀況生變是凌晨一點的事情，而帆村醫師接到通知時又已經過了十分鐘。深夜時分，來不及趕到患者家也是無可厚非。

「那麼醫生，有勞您開立死亡證明了。」

英輔開口後，包含帆村醫師在內，所有人都帶著一副驚醒的眼神看向他。

「將死亡證明交給公所的同時，也麻煩各位準備進行喪禮、聯絡各界人士前來弔唁，喪主自然是由我這名長男來擔任。各位應該沒有意見吧？」

「等一下。」

最先提出意見的果然是加壽子。

「我能理解英輔先生是長男，所以也認為喪主該由你來擔任，但自己決定是否有些過於武斷了？正宗是集團總帥，你做決定前好歹要和我們商議一番才是……而且還有遺產的部分需要協調。」

「加壽子阿姨，我認為我們沒必要特地協調什麼，因為老爹有留下遺囑。」

一如預期，加壽子和惣一瞪大了雙眼。

「這我是頭一次聽說。」

「我想也是，畢竟我也是頭一次提起。」

「那、那東西到底在哪裡？」

「遺囑目前寄放在我們的顧問律師古舘先生手上，這方面的事情老爹處理得很妥善，而且好像是在加壽子阿姨和惣一來到這個家之前就立好的。不過我也只有聽古舘先生提過就是了。」

「……內容寫什麼？」

「不清楚呢，即便是我也一無所知，不過從預立的時期來看，應該是根據舊有家族成員的情況寫的吧。畢竟說得偏激一點，老爹這個人就是家父長制的化身嘛。」

雖然英輔沒有自覺，但他似乎露出了淺淺的笑容。

證據就是，加壽子以一副惡鬼般的表情狠狠地怒瞪著他。

＊

「第二通匿名通報。」

麻生看起來有點緊張。原則上匿名通報可能有助於警方直接發現犯罪事實，所以接獲通報時多少都會令人振奮，不過這次的緊張感算是特殊情況。

「今天凌晨，法條正宗突然過世了。你們兩個好歹聽過這個名字吧？」

犬養和明日香幾乎同時點頭。他是法條集團的統帥，有一個不知道是誰取的外號，叫「昭和的妖怪」。法條正宗在戰後的一片焦土上開創了建設機械公司，藉著朝鮮特需，也就是韓戰時美軍提供的大量產品訂單快速發展，打造了整個企業集團。甚至有些繪聲繪影傳聞表示，這個宛如會出現在偉人傳記的人，在幕後操縱了整個昭和時代的政治。進入平成時代後，他依舊存在感十足，每當內閣輪替時仍會有人提及他的名諱。

「通信指令中心是在上午十點十四分接獲通報，通報者的聲音為男性，說正宗被人施以安樂死。如果是平時，應該會懷疑他是來鬧的，但畢竟 Doctor Death 才剛送了那種禮物到帝都大學附設醫院，而電話的信號源又正好在法條家，所以才轉給我們搜一。」

「正宗生前是在家裡療養嗎？」

明日香問了個單純的問題。她應該認為既然是財團總帥，肯定會住在擁有全國最棒設備的醫院吧。

「雖然他曾為了檢查而到過大學醫院，但他表示住院會早死，所以才選擇居家療養。聽說他就是個任性的老爺子啦，而且癌症都已經邁入第四期，主治醫師大概也覺得住在醫院跟待在家裡差不了多少吧。」

確實聽說最近有越來越多老年人認為既然都要死，不如在家裡死去。照這樣看來，強硬要求居家療養或許並不是任性的行為，而是時代的趨勢。

但如果是為了以住家作為安樂死的場所，那就另當別論了。缺少醫院那種管理制度的民家，對於 Doctor Death 來說就跟自己家的庭院沒兩樣。

「通報雖然沒有提到 Doctor Death 的名字，但畢竟是安樂死，你們馬上去法條家一趟。」

那還用得著說。

目前搜查還處在追查 Doctor Death 送來的點滴袋是經過何種管道流通的階段。據廠商所說，同種產品也有部分是出口到國外，而有些中盤商也會拿到網路上賣，因此儘管不是大量生產的產品，想要過濾出最後使用者還是需要花費大量時間。犬養只能祈禱這次的通報能帶給他們新的進展，而非再次落空。

「手腳要快，聽說法條家的主治醫師已經開立死亡證明了。」

犬養沒有回應，轉身就離開辦公室，明日香也立即跟上。

法條宅邸在成城的高級住宅區中也是鶴立雞群、富麗堂皇。腹地大得誇張，犬養不禁心想，如果是在這裡的話，要辦一場邀請政經界重要人士參與的大規模喪禮也不是不可能。

屋裡的人忙進忙出，這也難怪，畢竟過世的可是一名大集團的總帥，這場喪禮動用的人數、物品、金錢，一般人根本比不上，相關人員會如此忙碌也是理所當然的事。

於玄關表明來意後，便馬上有人領著他們前往會客室。接待他們的人是長男英輔，年約五十五，身形清瘦，頭髮依然烏黑，全身上下已經散發出下一任總帥的氛圍。

「兩位是來自……警視廳的搜查一課？」

再次向犬養他們確認身分的英輔望著兩人，一臉訝異。

「如果是居家療養時病逝，管轄這一區的成城署就能處理了不是嗎？」

「現在斷定為病逝還操之過急，驗屍官之後也會到場，請容我們相驗結束後再行判斷。」

「可是主治醫師帆村先生已經開立死亡證明了，為什麼現在還要再驗？」

「因為我們接獲匿名通報，聲稱正宗先生其實是死於非法的安樂死。」

「警視廳竟然會為了這種無稽之談出動？」

「只有把牌翻開才會知道是不是無稽之談。」

過了一會，御廚驗屍官抵達現場。

「遺體在哪？」

不知道御廚是不是也聽說這次的工作可能和 Doctor Death 有關，所以說起話來比平常粗魯了點。還是因為他從一開始就感受到這裡洋溢著不歡迎他們的氣氛？

即使對方再怎麼有錢有勢，受到突襲的話也無法動用他們背後的權力，英輔他們甚至容許御廚侵門踏戶。不過麻生本來就是安這個心，在上層介入之前先下手為強的決定是對的。

正宗的遺體還安放在他的房間，掛著點滴袋的點滴架空虛地站在一旁，人已經被蓋上了白布。

御廚眼中的屍體似乎無分貴賤，他輕輕合掌之後，毫不猶豫地掀開白布，開始褪去遺體的衣物，手法十分俐落，扒光遺體只花了不到兩分鐘。

除了犬養與明日香，英輔也以見證人的身分杵在一旁。他絲毫沒有打算將視線自父親的遺體身上移開的樣子。

御廚如女人般纖細的手指滑過遺體表面。

「患者生前有定期吊點滴嗎？」

對於御廚突然丟出的問題，英輔不悅地回應。

「有，帆村醫師每天早中晚往診時都會替他進行注射。因為老爹到後期連咀嚼固體食物都有困難了，所以他只有靠點滴補充營養。」

「最後一包點滴是什麼時候打的？」

「二十七號的……我記得是傍晚六點過後。」

「他的狀況什麼時候突然惡化的？」

「半夜一點左右。定期過來查看老爹狀況的幫傭，突然大聲嚷嚷著老爹的呼吸越來越弱了。」

御廚沒有任何反應，將手放到遺體的肩膀上。

「我要看背部，過來幫忙。」

犬養站到他身旁，聽從御廚的口號抬起遺體。

「沒辦法確認屍斑的移動狀況呢。」

遺體歸位後，御廚又接著採集血液。

「驗屍官，你打算現場做血液檢查嗎？」

御廚從皮包中拿出了一個犬養沒看過的測定儀器。

「這是專門測電解質Ｎａ・Ｋ的儀器。畢竟我們也被Doctor Death耍得夠久了，所以才把這玩意兒拿來測量血鉀濃度。」

御廚將採集到的血液塗抹在感應卡上，接著將卡片插入儀器。大約一分鐘後，液晶螢幕上顯示了鈉和鉀的濃度。

確認完數值的御廚嘴角微微上揚。

「中獎了。血鉀濃度高得異常，我會以驗屍官身分聲請司法解剖。」

「司法解剖是怎麼一回事？」

英輔勃然變色。

「我身為家屬堅決反對。老爹一直跟病魔對抗直到過世，我怎麼可能讓你們再次把手術刀插進他的身體。」

這裡就是犬養該出面仲裁的時候了。

「即便家屬反對，只要驗屍官認定有犯罪的可能，就必須交付司法解剖。請您死了這條心吧。高千穗，去連絡東大的藏間副教授。」

必須在上層介入前把該做的事情全部做完——明日香似乎也察覺了犬養的意思，於是立刻拿出手機打給藏間。

接下來要跟時間賽跑了。御廚的準備十分周到，過來時搭的就是搬運遺體的車。必須趁家屬親戚還沒鬧開前將遺體送到藏間手上。

「警察竟然這麼蠻橫！」

在犬養安撫著七竅生煙的英輔時，也聽到鑑識課的同仁抵達的動靜。這樣就行了，在喪禮開始前只要適時從中作梗，就能爭取到時間。

「英輔先生是法條正宗先生的長男沒錯吧？有些事情必須要向您請教，能不能同我移駕到其他房間呢？」

犬養半強迫地將英輔帶回會客室，原先情緒激動的英輔在兩人一對一談話的過程中也漸漸冷靜下來了。

「突然就聽說要進行司法解剖，會不知所措也是當然。但過世的正宗先生是政經界的大名人，如果有可疑之處卻放任不管，媒體肯定會大做文章的，所以我在這裡麻煩您務必要協助警方。」

「可、可是——」

「您不好奇是誰通報警方的嗎？如果想得深一點，對方很可能是對法條家抱持反感的人。不瞞您說，報案的人就是用這間宅邸裡的固定電話打過來的。」

聽到這裡，英輔也不由得啞口無言。

「英輔先生未來要繼承法條家的事業嗎？」

「對。遺囑應該是這麼寫的沒錯，我想近期就會正式發表了。」

「那麼匿名通報者很可能會成為您開拓事業的絆腳石……您不這麼認為嗎？」

英輔雙手抱胸，坐到沙發上。這個動作表示他願意聽犬養說話了。

「你想問的事情是什麼？」

「和遺產繼承相關的家族成員構成。比如說令堂很早便過世了，後來才迎入第二任妻子之類的。」

「這在經濟記者之間好像傳得很兇，不過第二任妻子這個說法不對。老爹雖然認惣一為自己的孩子，卻沒有將加壽子阿姨當作第二任妻子，所以加壽子阿姨還是維持舊姓山岸。」

「為什麼沒有再婚呢？」

「因為老爹還懂得最低限度的自制啊。」

英輔露出諷刺的笑容。

「惣一有經營的才能，個性也很溫和，所以老爹好像很中意他。然而加壽子阿姨是個盛氣凌人的女人，臉上時不時就露出想要侵占法條家的企圖。或許她的行動是為了惣一的未來，但表現得實在太貪婪了。老爹就是察覺到加壽子阿姨的危險性，所以一直到最後都沒正式娶她入門。」

「正宗老先生都立下遺囑了，她竟然還在策劃這些事情嗎？」

「老爹生前立遺囑的事情，只有他本人和擔任顧問的古舘律師知道。」

「為什麼一直到最後一刻才公開？」

「理由很簡單，因為他一直到真的病倒之前，都從沒想過自己有一天會碰上這種事情。那一代的長輩好像都太相信自己的體力了。」

「不知道有遺囑存在的加壽子女士，想必氣焰很旺吧。」

「坦白講，若讓外人見了恐怕會害家族顏面掃地吧。出身貧賤的人，一旦眼前出現一大筆金錢，馬上就原形畢露了。」

「那麼其他家族成員呢？」

「有內人靜江，還有管家與幫傭等三人。我有一個兒子叫孝之，不過他還是學生，目前在外頭生活。住在主屋的人就只有這些了。」

「嗯？您沒將加壽子女士和惣一先生算進去呢。」

「哦，那兩個人住在偏屋。」

即便承認庶子是親生兒子，還是得跟母親一起住在其他地方嗎……即使表現得十分關愛，到頭來還是跟嫡子有差別待遇，犬養不禁惡意地想，這也是舊時代的觀念嗎？英輔似乎察覺到犬養的表情不太對勁，於是面有難色地辯解。

「畢竟家裡這麼大，全部都擠在主屋也沒什麼意義，你說是吧？人家也都說，沒有人住的建築物老化得特別快。」

犬養敷衍地應答了幾聲。

「這麼寬闊的大宅邸，想必保全措施也是萬無一失吧？」

「我們有和保全公司簽約，一旦有人想要翻越圍牆或是打開窗戶的鎖，保全公司就會接到警報，馬上趕過來。」

「有安裝監視器嗎？」

「有。正面玄關和後門口各一台。」

「之後有可能要請您提供監視器畫面，到時候再麻煩您配合。」

「不過話說回來，向警方通報的人是男是女啊？」
「光透過電話中的聲音判斷雖然太過輕率，不過負責的同仁說似乎是男性的聲音。」
「男的嗎……那我就不清楚了。」
他這種猜錯似的口吻勾起了犬養的興趣。
「所以如果是女性的聲音就有頭緒了嗎？」
「畢竟會做那種事情的就只能想到一個人。」
「假設是加壽子女士告的密，她能拿到什麼好處？」
「洩憤。這樣應該夠她滿足了吧？」
英輔不屑地說。
「我在老爹過世當晚公開遺囑的存在，對於在那之前一直明爭暗鬥的加壽子阿姨來說，等於是宣告她一切的努力全都付諸流水了，她自然可能一氣之下出手搗亂，順利的話搞不好還能陷害別人呢。」
通報者到底是誰這個問題，在之後沒三兩下就水落石出了。問完英輔之後，犬養又去找加壽子問話，然後她爽快地承認了。
「是我叫惣一跟警方報案的。」
年齡看起來差不多六十歲，即使施以高級的妝容，仍難掩她深深的皺紋。她那對夾在皺紋之間的眼睛，帶著一絲古怪的光芒。

「為什麼要做這種事？」

「因為我想把那些人殺害正宗的真相公諸於世。我講的都是真的對吧？不然你們為什麼要解剖正宗的遺體？」

「那是結果論，而正式的解剖結果還沒出爐。難道你不是因為握有什麼物證才想到要報警的嗎？」

犬養裝作不怎麼在意的樣子，但其實心裡戰戰兢兢地等待加壽子答覆。如果加壽子是基於某些證據才決定舉發的話，那麼肯定會是解決案件的重大關鍵。

然而加壽子的回答卻令犬養大失所望。

「即使沒有證據，看英輔平常的行為舉止就知道了。那個男人害怕正宗的寵愛會從自己轉移到惣一身上，所以千方百計想盡快害死正宗。如今遺囑沒辦法更動了，正宗過世的最大受益者就是英輔。」

撇開被害妄想的言論，最大受益者就是犯人，這個想法非常合理。

隔天，藏間副教授馬上就將法條正宗的解剖報告送來了。

麻生與犬養注目的，是診斷結果上所寫的那行字。

「檢體血液中檢驗出濃度10・0mEq／l的鉀離子及麻醉劑Thiopental」

和馬龍健一當時的檢驗結果一樣，犬養不禁與麻生面面相覷。

「那天晚上他有去，Doctor Death有去。」

麻生藏不住興奮。

「監視器一定有拍到那傢伙的模樣。」

從法條家借來的監視器系統硬碟，目前科搜研（科學搜查研究所）正在分析，預計最晚下午就可以解析完成。

「那天晚上，包含正宗在內，主屋裡有英輔與其妻子靜江、管家以及三名幫傭共七人，但過了半夜十二點後只剩當班的幫傭還醒著。那麼大的豪宅，只要能掌握幫傭的行動，就有辦法在不被家人察覺的情況下溜進正宗的房間。」

犬養在腦中重新整理當晚每件事情的時間順序。

凌晨十二點三十分，先不管內部是否有人接應Doctor Death，總之他入侵宅邸，潛入了正宗的房間。Doctor Death將針頭插入約六小時前打點滴時留下的痕跡，注射麻醉劑。只要將針插入先前用針的痕跡，就不容易被人發現。奪走正宗的意識後，他接著施打氯化鉀製劑，然後悄悄地離開宅邸。

過了三十分鐘，幫傭察覺正宗狀況有異，把全家人叫醒，然而為時已晚。姍姍來遲的主治醫師帆村除了自己打點滴時留下的痕跡之外，並沒有發現其他的外傷，所以確信患者為猝死……

犬養提出自己的看法後，麻生與明日香都點點頭表示認同。

「差不多吧。問題在於是誰把 Doctor Death 放進去的，也就是委託安樂死的人究竟是誰。鑑識組有在正宗的房間查到什麼嗎？」

這時明日香開口回答。

「除了住在這裡的人之外，還發現了幾根身分不明的毛髮，據說由於留有毛囊部分，所以可以進行 DNA 檢驗。」

「好。很好，非常好。」

麻生搓著手，咧嘴微笑。

「那小王八蛋，這次可留下了不少證據。雖然宅邸那麼大，但因為是私人住宅就掉以輕心了呢。」

這時，犬養突然感到一陣不安。

這真的是 Doctor Death 的疏忽嗎？不會是他設下的陷阱吧？

因為沙耶香的事情挨上一記悶棍的犬養，怎麼樣也無法輕視敵方的思慮有多周詳。

「如果安樂死的委託者是某個家人，那個人肯定有和 Doctor Death 聯絡過。必須沒收他們個人的電腦和手機才行，你們今天也到法條家走一遭。」

去是當然要去的。現在法條家還沒露骨地阻撓偵辦，雖然主要還是因為在他們提出抗議之前，司法解剖就檢驗出遺體內確實有藥劑殘留，總之既然對方還沒採取行動，就讓我們以自己的步調繼續調查了。

三人還在討論辦案方針時，科搜研就傳來畫面解析的結果。

靜止的畫面上雖然光線不足，但可以看到兩人組將後門打開的樣子。其中一人從打扮上看起來應該是 Doctor Death，至於躲在一旁的人大概就是那個護理師了。

即使科搜研提高了解析度，因為對方將帽子壓得很低的關係，所以還是看不出長相。

混帳。麻生痛罵一聲。

「大門玄關燈火通明，他是不想被照得太清楚才走後門的吧。」

「明明只要在他們出入的時候關掉監視器就可以了。」

明日香不假思索地說，但事情沒麼簡單。

「如果沒有事先告知就關掉監視器，保全公司就會察覺異狀，馬上趕過去。他怎麼可能冒這個險。」

「我想也是。他大概是靠經驗料到後門燈光的亮度會降低解析度，而之所以小心翼翼地把帽子壓到這麼低，也是因為熟知這方面的狀況。」

麻生剛才還搓著手，現在已經握起了拳頭。

「算了，起碼這樣就確認法條家有人參與安樂死了。相關人員就那幾個，花點時間讓他們把知道的事情全抖出來。」

「他們會不會妨礙偵查？」

「我會報告管理官，請他召開緊急記者會。如果發現財經界顯要其實是被安樂死的，媒體也會鬧得一發不可收拾。管他是大集團還是什麼，事情亂成這樣，他們也沒那麼容易出手。現在喪禮還沒辦完，正宗的權限也還沒正式轉移，不會有人敢冒這種火中取栗的風險。」

犬養大致上同意麻生的見解，但心中的一抹不安仍無法消除。

確實不會有多少人敢做火中取栗這種對自己百害而無一利的事情，然而狗急難保不會跳牆，如果事情又牽扯到慾望，那麼人大多會拋棄常理。

2

法條家預計今晚進行守夜。司法解剖結束後，犬養和明日香為了返還正宗的遺體再次登門拜訪。當然，他們的另一個目的是進行第二次偵訊。

「罷了，至少你們趕在守夜之前處理完了。」

接收正宗遺體的英輔依然有些疙瘩。

「如果守夜時少了遺體，我可沒辦法給賓客一個交代。」
「不過也不枉費進行了司法解剖，我們已經確定正宗先生是遭人毒害的。」
英輔挑起一邊的眉毛，看著犬養。
「意思是，事實真的像那個匿名通報說的一樣，老爹是被安樂死的？」
「犯人先讓他失去意識，然後才讓藥物擴散到全身。根據驗屍官的說法，他是在感覺不到任何痛苦的情況下過世的。」
「就去世時感覺不到痛苦這一點，恐怕得好好感謝犯人呢。」
「關於委託安樂死的人，您有什麼頭緒嗎？」
「你們警方似乎懷疑是這間屋子裡的人，但希望老爹從痛苦中解脫的人跟山一樣多。不過想讓他痛苦死去的人可能還多上十倍就是了。」
「那先不討論委託者，我們對於兇手倒是有個眉目。另外我們也已經查出匿名通報者的身分了。」
「哦？在這麼短的時間內？不愧是傲視全球的日本警察呢。」
「多虧有善良市民的協助以及進步的辦案技術。而我們今天想請英輔先生看的東西是這個影像。」
犬養將印著監視器畫面的紙張遞給英輔，上面是後門監視器所拍到、Doctor Death 正打開門準備走入宅邸的瞬間。

「替正宗先生安樂死的人，我們推測是目前社會上議論紛紛的一名醫生，稱作『Doctor Death』。搜查本部認為，這個畫面上拍到的人物很可能就是他。」

「開門入室的動作看起來很自然呢。他有備用鑰匙還是什麼的嗎？」

「姑且不談有沒有備用鑰匙，我們認為府上極可能有他的內應。畢竟他在被屋裡的人發現之前就穿過這麼大一間宅邸，抵達了正宗先生的房間，我想考慮到有自己人接應的情況比較合理。」

「就當時那個時段來看確實會這麼想，不過聽你實際這樣講出來，還是令人有些受傷呢。沒想到家裡居然出了個罪犯……對了，那個匿名通報的人是誰？」

「這目前還屬於偵辦上的機密事項，請您諒解。話說回來，您看了這張照片，有沒有發現什麼？」

英輔凝神注視照片，但最後還是搖搖頭。

「他帽子壓這麼低，看不清楚長相。雖然跟周遭物體比對來看，應該是個身材不高的男子……平常後門那裡只有白天會用到，所以照明設施沒那麼完善，但這竟然成了禍源啊。」

「還有嗎？」

「哦，你說這個躲在帽子男後面的人嗎？嗯……幾乎看不清楚，沒辦法判斷是男是女呢。」

「不，不是那個人，是其他部分。」

英輔聽犬養這麼說，再度看向照片，但似乎還是沒有什麼新發現，再次搖了搖頭。

「沒辦法，雖然是自己家的照片，但我這個外行人也看不出更多東西……警察從這麼模糊的照片中掌握了什麼有力線索嗎？」

「是的，具體來說是在這一帶。」

犬養指出的部分，隱隱約約看得到打開的門內有一隻手。

「由於門是往外開的構造，所以應該是屋子裡的某個人開了鎖，推開門。之後雖然是由訪客把門整個打開，不過還是拍到了某個人將手縮回去前的畫面。」

「可是只看手的話實在不好說……不但光線昏暗，畫面又很粗糙，也看不清楚手指的輪廓不是嗎？」

「剛才我們也說過了，現代辦案技術日新月異，一年前還是幻想的事情，到了今天已經化為現實。現在的技術有辦法只擴大這個部分進行解析，而這是我們解析出來的結果。」

犬養將另一張紙遞到英輔面前。從屋內伸出來的手，連五根手指的輪廓都拍得清晰無比，而那隻手的無名指戴著一只戒指。

「我們進一步將戒指的部分放大後，得到了這張照片。」

犬養拿出的第三張照片是戒指的放大照片，模樣與細節部分都能看得一清二楚。

「好了，英輔先生，能不能讓我看看您戴在無名指上的戒指呢？」

犬養搶在英輔縮手之前快速抓住了他的左手。

「從我們第一次碰面時，我就對那只戒指的樣式印象深刻，因為實在是太匠心獨運了。我猜是婚戒吧？」

被強行拉住的手上，戴著跟解析畫面中一模一樣的戒指。

「這做工可真精細呢。雖然我不會說這是世上唯一的一只，但起碼擁有這個戒指的人，在這個家裡面就只有您和夫人了吧？也就是說，監視器拍到的手，不是您的、就是夫人的。」

英輔試圖別開臉，但犬養一直緊緊抓住他的左手，把他越拉越近。

「您怎麼看，是不是該把夫人請來，弄清楚究竟是誰把 Doctor Death 找來的嗎？」

「這和內人……無關。」

英輔跟之前判若兩人，聲音變得十分疲弱。

「所以您承認這裡拍到的人就是您沒錯吧？」

「能不能放開我的手？這個姿勢我可沒辦法好好說話。」

犬養放開他後，英輔端量了一下自己的左手。

「沒想到昂貴的戒指居然害了自己……不，從手被拍到的那一刻起，被發現就是遲早的事情吧。真是太大意了。」

「指示他把帽子壓低的人也是您嗎？」

「對。如果配合他來的時候切掉監視器的電源，保全公司的人馬上就會趕來。根據以往的經驗，那邊的監視器一到晚上就變得沒什麼用，所以我才認為這樣就足以遮蔽長相，看來我太高估自己了。原本以為已經夠謹慎，但果然還是不該做自己不熟悉的事情呢。」

英輔似乎徹底斷念，嘆了口短短的氣。

「這個來訪的人就是 Doctor Death 沒錯吧？」

「我上了那個網站聯絡他，他動作很快，我一把診斷報告影本傳過去，馬上就收到回覆了。他說安樂死的費用為二十萬日圓，我還抱怨老爹好歹是法條集團的領導人，生命遠遠高於這個價碼，結果他說人的生命不分貴賤。」

「請告訴我當天的詳情。」

「二十七日傍晚，帆村醫師回去後，Doctor Death 於十二點三十分上門。」

監視器捕捉到 Doctor Death 的時刻也確實是這個時間，這點看時間碼就知道了。

「我帶他到老爹的房間，因為我知道當班的幫傭那時繞去哪了，所以要避人耳目並不是件難事。Doctor Death 先熟練地替老爹進行觸診……」

後面的發展就如犬養所想，英輔說 Doctor Death 雖然沒有跟自己特別解釋，但表示他注射了兩種藥物。一開始的那針肯定是麻醉劑，至於第二針則是氯化鉀製劑。

「處理完後，他說再過二、三十分鐘老爹就能安息，接著他拿了我準備的二十萬現金後，便和同行的女性整理器材，匆匆離開了。我回到自己的房間等待，不久後幫傭的叫聲就從老爹的房裡傳了出來，所以我又回到那裡。Doctor Death 說的沒錯，老爹的表情看起來非常安詳。」

「能不能告訴我您這麼做的理由？」

「我承認幫忙老爹進行安樂死，這樣還不夠嗎？」

「畢竟是大財團的總帥，所以有可能牽扯到遺產繼承的問題。不過，正宗先生還臥病在床的時候，您就已經知道遺囑內容了吧？」

「也只是顧問律師私下告訴過我而已。如果遺囑內容事先公開的話，可能會加劇他們陷害我的行動，也難保不會影響到股價，而且繼承上就有可能觸犯內線交易的法規，所以我只能一直保密到老爹過世為止。然而意想不到的是，老爹明明還活著，家裡就出現內部紛爭了。加壽子阿姨鳩合那些反對我的人，開始策畫一場堪比政變的行動。」

犬養認同。那個女人感覺真的會幹出這種事。

「就算老爹立了遺囑，如果我在遺囑生效前就成了甕中之鱉，那到頭來也一無所獲。你明白嗎？我既沒辦法公布遺囑，也不能放任加壽子阿姨的陰謀進行下去。」

「您該不會要說，就是基於這種理由而提前了正宗先生的死期吧？這樣根本就不是加工自殺，而是徹徹底底的弒親罪了。」

「不是我，是老爹的意思。知道事情沒辦法簡單收拾的老爹領悟到，只有自己早一點走才是唯一的解決之道。他還有留下證詞。」

「您說正宗老先生的證詞？」

「他在呼吸困難的情況下拚了命說出來的。我有用錄音機確實錄下來保存，之後放給你聽。」

「就算是這樣，您也沒辦法迴避犯罪的事實。就現況而言，日本法律要承認安樂死的門檻非常高。」

「不論構不構成犯罪，這都是我和老爹第一次共同完成的事情。過去他連一次都不曾拜託過我，而他最初也是最後的請求，就是這件事了。」

「您隨隨便便就允諾了那麼荒唐的事情嗎？」

「我有我的理由！」

英輔突然激動起來。

「我不想看到老爹他……那個殺也殺不死、如同怪物般的老爹他，瘦到整個人只剩下皮包骨的模樣。我不想看到那個被人憎恨、被人稱為妖怪而令人畏懼，不管對方是政治家還是什麼東西都當成賤畜一樣看待的老爹奄奄一息的痛苦模樣。老爹在打造法條帝國的路上，流了多少血汗，沒有人比我這個就近見證的人還更清楚的。我不想看到老爹繼續痛苦下去了！」

語畢，英輔大大地喘氣。

「……失禮了。一個不小心就亂了方寸……我只是希望你們明白，我並非出於自私才會讓老爹安樂死的。」

最後擠出的這段話應該是真心的，犬養心想。對孩子來說，父親是永遠的英雄，即使身形變得憔悴，已然凋零。

「你記得 Doctor Death 的長相嗎？」

「這……他到老爹房間的路上一直都壓低帽子，進房脫帽後我也沒從正面看他。而且該怎麼說，他整體給人的印象不是太深。」

要命，又是這樣。犬養早早就感到失落。

「真是丟人，明明記住他人長相也是我工作的一部分。不過不是偶爾會碰到那種人嗎？就是交換了名片、打了招呼之後還是完全不會留下印象的人。不知道是存在感比較低，還是長相太過平庸，明明把老爹的生命交付給那個醫生，我應該要清楚記得人家的長相才對，但真的很奇怪，我怎麼想也想不起他的特徵。」

這個無臉男。犬養暗自埋怨。明明奪走了這麼多條人命，也都在家屬面前露了相，卻沒有一個人清楚記得他的長相，根本就是死神嘛。

「能不能協助我們製作 Doctor Death 的肖像畫呢？」

「事到如今，我也不會吝於協助辦案。但我剛才也說了，他是個給人印象不深的人，就算你叫我回想他的長相，坦白說我也沒什麼自信。如果是跟在旁邊的那個女性倒還好說。」

犬養突然有種後腦杓遭到重擊的感覺。

「您說什麼？」

「她應該是護理師吧。我看她從包包裡拿出針筒和其他器具的手法很熟練，心想原來那就是要用來替老爹安樂死的工具啊，於是產生了一點興趣。」

「您想得起來她長什麼樣子嗎？」

「可以。和醫生比起來，她的長相有特色得多了。」

不能再拖拖拉拉下去了。犬養轉身面對明日香。

「高千穗，馬上聯絡鑑識組負責畫肖像畫的同仁。」

犬養抱著不抓白不抓的心態，先將英輔帶回了警視廳。雖然取得他的口供也很重要，但眼前有更要緊的事情。

想當上肖像畫搜查員，首先必須依個人意願接受選拔，並經歷養成講習與實地研修後方能上任。這些人大多對繪畫本來就有熱忱，犬養眼前的搜查員一面向英輔詢問那名護理師的印象與特徵、一面讓鉛筆在紙上舞動，連一刻都不曾停下來。

「大概是這種感覺吧？」

搜查員畫完後拿給英輔看，英輔點頭表示滿意。

「對，神韻掌握得很好。就是這種感覺。」

犬養走到英輔身後盯著那幅畫看。

是一個留著鮑伯頭的圓臉女子，鼻樑堅挺，不過眼睛偏小，給人一股陰沉的印象，年齡應該是三十歲開外，頂多四十幾歲。

這可是一大進展。如果安樂死是一種醫療行為，那麼實在很難認為「Doctor Death」會僱用外行人來當助手，所以他旁邊這個女的肯定也有醫療相關經歷，那麼只要清查擁有護理師執照的人就行了。

「可是犬養先生，全國的護理師人數跟星星一樣多欸。」

明日香聽起來很絕望，但犬養持樂觀意見。

「確實是那樣沒錯，不過啊，白天和深夜能自由外出的護理師可就沒那麼多了。你不這麼認為嗎？」

「也就是說……她不是正式受聘的護理師囉？」

「我不認為在國立醫院和名聲響亮的大醫院工作的護理師，會去打這麼危險的零工。只要排除掉這個可能性，應該就能大大縮減分母了。」

於是警方開始追查「Doctor Death」的助手護理師，然而事情沒有犬養想得那麼簡單。平成二十六年度，厚生勞動省公布的護理師就業人口超過了一百零八萬人，如果再加上擁有執照，卻因為種種原因而未從事醫療相關工作的人，那麼數字會更龐大。雖然有向各醫療機關提出確認名單的請求，但對方光是平時的業務就忙得不可開交了，這項請求的處理優先順序自然會被一延再延。話雖如此，警方也沒有立場責備對方回覆太慢，所以搜查本部陷入了枯等的窘境。

然而犬養絲毫不打算枯坐不動。他聯絡了所有辦案至今確定曾與「Doctor Death」接觸過的人，也就是馬籠小枝子與大地母子、岸田聰子等死者家屬。

他們對於肖像畫的回覆基本上偏向肯定。「很像」、「就是這種感覺」、「看了肖像畫後我好像就能想起來了」。

其中就屬大地的證詞最為具體。

「嗯，就是這個人。她的眼睛真的很小。」

於是犬養更加斷定肖像畫上的人，和「Doctor Death」身邊的女護理師非常相像。之後只等查出她的身分，再透過她來揪出「Doctor Death」了。

然而，各醫療機構零星傳來的回覆，全部都是「查無此人」。

整整三天都得不到通緝女護理師的資訊，麻生顯然心情差到了極點。

「一百零八萬分之一，有句話叫大海撈針，我看要靠這種方式找到她比撈到針的機率還低吧。」

麻生又開始露出偵辦過程觸礁時的壞習慣了。他隱隱約約預見到，搜查本部即使不至於大幅更動辦案方針，卻會面臨縮編與陷入泥淖的未來，所以抱怨也更加頻繁。他的心胸並沒有狹窄到會因為這樣而痛罵犬養與明日香，但同時也沒有可靠到會在這時鼓舞下屬，就只是自己一個人悶著。

「時間過越久、對方的戒心就越高。如果他察覺到我們的動靜而躲了起來，我們就更難抓住他的尾巴，你們懂嗎？」

「這我們了解。」

當下也只能這麼回答。

「我本來就對醫療機構的回覆沒抱多少期待。」

犬養將對明日香說過的話，又向麻生解釋了一遍。

「如果是具有專業知識的護理師，應該知道自己從旁協助的醫療行為是安樂死。我不認為在醫院上班、擁有穩定收入的人，會染指這種危險差事。」

「可是聽說不管過去還是現在，護理師都是工作環境骯髒、辛苦、危險的3K職業不是嗎？

如果只是陪伴醫生前往患者所在的地方，在一旁擔任助手就能分到一杯羹的話，就算真的有人覺得這差事有甜頭，我也不會覺得意外。」

「明明冒這麼大的風險，報酬未免也太少了。安樂死收的費用不過二十萬，考量到藥劑的成本和操作的手續，最後分給護理師的頂多四、五萬而已吧。世上有哪個笨蛋會為了五萬這麼點小錢就將醫院的工作棄如敝屣，不可能吧。」

麻生盯著犬養的眼睛，試圖看出他心中的想法。

「你既然這麼有自信，想必是鎖定了什麼吧？」

「如果是沒有在醫院上班的護理師呢？不僅沒有醫院薪水的收入，而且沒工作也代表時間上有空閒。就算是四、五萬左右的小錢，也不得不折腰了。」

犬養已經事先調查過，平成二十二年末，擁有護理師執照卻沒有在醫院上班的潛在護理人員共有七十一萬人。這個數字受地方醫院歇業或規模縮編的影響，目前有持續增加的趨勢，不過那七十一萬人不可能全都受到其他單位聘用，重新投入職場。

關於潛在護理人員的現況，他們有辦法掌握到一定的程度。隨著平成二十六年六月《醫療看護綜合確保推進法》通過，政府也修正《促進確保護理師等護理人才之相關法律（人確法）》，推廣護理人員在離職時應有義務將住家地址、姓名、執照編號、電話號碼、電子信箱、就業相關資訊告知各地區行政單位的護理師中心。至於該法實施前的離職者，厚生勞動省也一一聯絡，所以登錄人數與日俱增。

人確法的推動，是因為少子化現象日漸嚴重，政府預期未來受看護者將越來越多，故試圖打造一座人力銀行，確保隨時都有護理人員可調派。當然潛在護理人員之中，也有不少人並不希望自己辛辛苦苦考到的證照就這麼變成一張廢紙，所以大多數人對這項政策都持贊同意見。

「只要比對各地護理師中心登錄的潛在護理人員，找出性別、年齡、居住地、現在就業情況符合條件的人，理論上就可以大大縮小分母了。若考量到『Doctor Death』至今的活動範圍，護理師很有可能也住在首都圈。接著只要活用各地警察機構的機動性，就能找到長得像肖像畫人物的女性了。」

雖然這麼一來得對整個首都圈進行地毯式搜索，但警方平時即未雨綢繆，全國派出所一年會進行兩次戶口調查，雖然不是學麻生講話，但這絕對不像大海撈針一樣困難。

麻生原本嘔氣似地聽犬養說明，這時突然揚起了一邊的嘴角。

「反正搜查本部開始詢問各醫療機構時，你自己就已經跑去跟護理師中心確認了吧。」

「雖然是先斬後奏，不過一開始就把潛在護理人員七十一萬人這個數字搬出來，恐怕搜查本部也會嚇得腳軟吧。」

「想要逐一檢查護理師中心名單上的人，必須請求各地縣警的協助。你打算把這方面的交涉全扔給上頭去處理嗎？」

「畢竟只有我和高千穗兩個人處理不來嘛。」

「真是的，我到底是收了什麼傢伙當我的下屬啊。」

麻生不屑地苦笑。我才要說我的上司到底有多機靈呢，犬養心想。

「我會呈報給管理官，你們別忘了定期報告。」

這還需要你講。就是因為有把握能獲得可以報告的東西才會偷跑的。

之後護理師中心的確認結果送來、搜查本部向首都圈內的各警察署發出協助通知後四天，事情終於有所進展。

町田市原町田住著一個長得和肖像畫人物如出一轍的前護理師——一接到町田署的報告，犬養和明日香立刻前往町田。聽說町田署已經以協助調查的名義將那個人帶回警署了。

搭著巡邏車前往町田署的路上，明日香似乎藏不住興奮之情。

「不過町田署也是豁出去了呢，居然直接把人帶回來。一般人如果遭到那種懷疑，應該不會輕易答應跟警察走才對。」

「聽負責該地區的巡查說，那個人長得真的和肖像畫裡的人像到不行。雖然巡查有提及『Doctor Death』的名字，並問了她一些有關的問題，只是對方不置可否，但同意跟警方走一趟。」

雖然犬養努力故作冷靜，但心裡其實也一樣十分激昂。町田署發來的資料完全符合犬養假設的條件，她非常有可能就是犬養他們在找的那根「針」。如果真的是這樣，那麼剩下要做的，就只有用「針」來刺穿「Doctor Death」的屁股而已了。

看到雛森惠美的瞬間，犬養便認為肖像畫搜查員應該要接受表揚。短鮑伯頭、圓臉、小眼睛，給人的第一印象有點陰沉，簡直就像是從畫裡走出來的一樣。

「雛森惠美，今年三十七歲。」

面對犬養，惠美顯得落落大方。

「聽說你以前做過護理師，請問是從幾年前開始就沒有繼續從事這份工作了？」

「已經是五年前的事了。我之前待的醫院倒了。」

「這五年來都沒有接觸醫療相關工作嗎？」

「對。我在家裡附近的超市和成衣店打過工，但每一樣都做不久……一直過著工作存錢、然後把存款花光的生活。我是自己一個人住，所以勉強還能餬口。」

「請問你的家人呢？」

「雙親都已經過世了，我也沒有兄弟姊妹。雖然曾經結過婚，但很久以前就離婚了。」

無牽無掛就對了。如果是這樣，那麼對於協助黑暗醫生應該沒什麼需要顧慮的因素。

「現在社會上有個大家稱作『Doctor Death』的人，不曉得你知不知道？」

前面回答都很堅定的惠美，突然閉上了嘴巴。

「我再問一次，你知道嗎？」

「有印象在新聞上看過。」

「我不是指聽誰說的，你是不是一直都跟著那個人行動？」

犬養將肖像畫拿到惠美面前。

「這是和『Doctor Death』同行的女護理師肖像畫，我們根據目擊者的證詞畫出了這張肖像，你不覺得和你很像嗎？」

「……這不是照片吧？就算聽人家的描述畫出來的東西跟我再像，也只是巧合而已。」

「這樣啊，確實有這個可能。不然我們讓目擊這個女性的人實際和你見一面看看，如何呢？不會太麻煩你的。」

實際上犬養早就算到指認的這一步了。這場偵訊從頭到尾都有紀錄，雖然光讓目擊者看惠美的影像就足以完成指認，但若本人堅決否認，不妨讓他們正面對決。

如犬養所料，惠美臉上閃過一絲不安。

趁勝追擊。

「就由我們這邊先攤牌吧。這個叫『Doctor Death』的人物會向民眾承接安樂死的請託，並且執行。然而雛森小姐應該知道，這個國家對安樂死的阻卻違法事由訂得十分嚴格，而且並不承認所謂替患者注射毒藥的積極安樂死行為。因此，就算患者病情已進入末期，造成他們死亡的行為仍然會構成殺人罪。這算什麼醫生，根本就只是連續殺人犯。甚至還跟委託者收取報酬，這就更惡劣了，就算金額不多也一樣。如果真的站上法庭，這種情況是極不可能獲得酌情減刑判決的例子之一。不用多說，協助他的共犯也無法脫身。」

惠美一直靜靜地聽犬養說話，但似乎越來越坐立難安，膝蓋顫抖了起來。只差臨門一腳了。

「一般醫療疏失的訴訟因為牽扯到專業問題，通常會拖很久，但這次的案子不一樣，兇手的犯案手法一目了然，注射的藥物種類和效果也都已經查明。厲害的律師恐怕會考慮將爭論點抽換成安樂死的對錯問題，不過拿安樂死作為生財工具的事實，肯定會大大增加辯護的難度。死刑的判斷基準中包括遭到殺害的被害者人數，光就這點來看，『Doctor Death』十之八九要遭處極刑。當然，共犯者也不能倖免。如果完全清楚殺人兇手的目的，卻還是聽從他的指示、從旁協助的話，同樣免不了極刑。」

犬養為了將惠美逼入絕境，突然將臉湊近。

「雖然你說自己無親無故，不過面臨極刑的話多少還是會有什麼感受吧？」

「我完全不知道你在說什麼，也從來就沒見過什麼叫『Doctor Death』的人……」

「是嗎？可是有好幾個人目擊到你在一旁輔助他進行安樂死。我剛才也說了，你要不要親自跟那些目擊者見見面呢？」

「你怎麼——」

「他們指認你就是那個人的瞬間，我們警察就會以連續殺人犯的共犯嫌疑將你逮捕。如果事情演變成這樣……」

「我、我不知道。」

惠美突然擠出乾枯的聲音。

「我一直以為醫生打的只是某種抗癌劑而已，從來就沒想過他是在殺人。」

原本快要因為不安而撕破的表情，現在變得驚惶失措。犬養等到惠美恢復冷靜的瞬間，繼續開口。

「可是雛森小姐應該看新聞就知道警方懷疑他犯罪了吧？」

「那也是最近的事情。我只是在醫生往診時臨時受聘幫忙而已，真、真的，我什、什麼都不知道。」

犬養再次等待惠美冷靜點後才繼續詢問。

「我從頭問起好了，你開始跟『Doctor Death』一同往診的契機是什麼？」

「兩年前左右，我在看網路上的徵人廣告時，發現有一則寫著『擁有護理師執照者、診療輔助』的廣告。剛好那時我找不到可以打的工，存款也快不夠用了，所以雖然看起來有點可疑，但我還是打了上面的電話。然後對方就說希望能馬上進行面試。」

「你們在哪裡面試？」

「他指定的一間咖啡廳，醫生出現後說明了工作內容。他說自己雖然是有在上班的醫生，但光是這樣還是有點入不敷出，所以會兼一些往診的差。不過也因為這樣，他沒辦法雇用在醫院工作的護理師，所以才上網張貼徵人廣告。我的工作內容就只有陪同醫生到患者家裡，幫忙拿取器具而已，這樣一次就有六萬，根本是天上掉下來的禮物，所以我馬上就答應了。」

「每次工作時都是對方叫你出來嗎？」

「對，他會打手機告訴我時間日期，我們在路上會合後再一起前往患者家。」

「所以你從來沒有到醫生家裡或是他上班的地方去過？」

「沒有。他說雖然兩個人都有證照，但畢竟從事的不是被正式認可的醫療行為，還是不要知道彼此的個人隱私比較好。」

多麼避重就輕的理由，不過惠美的軟肋就在於她是需要打工費才選擇同行。Doctor Death 肯定是看透了這一點才雇用她的。

「能不能告訴我們，你至今被叫出去幾次？就你能想到的範圍。」

惠美唯唯諾諾地回應犬養的問題，舉了幾個例子。她說自己也不是全都記得，不過在她一面解釋、一面坦白的內容中，也包含了馬籠健一和法條正宗，總數多達十二件。

「不過你都跟著行動了這麼多次，真的從來都不知道他從事的醫療行為是安樂死嗎？」

惠美頓時大驚失色。

「再怎麼樣我也不會為了區區六萬圓做這種事情好不好！我好歹也是取得證照在醫院工作了好多年的護理師，是以解救他人性命為目的的職業耶！」

見惠美反應如此激動，犬養也不得不換個方式問話。

「是我冒犯了。所以你一開始接收到的說明就是謊話囉？」

「對，他說他接的患者大多都是病症末期的人，而自己很努力地替他們進行治療與投藥，緩解他們的痛苦。裝藥劑的安瓿標籤也都事先撕掉了，所以我也沒辦法確認種類。」

如果這是偽證，那實在太粗糙了。還是解釋成惠美上當了會比較自然。再來，既然是受騙的話，那她的立場也是被害者了。

「最後一次往診是什麼時候的事？」

「十月二十七日深夜，前往法條先生家那次是最後一次。之後醫生就沒有再聯絡我了。」

「保險起見我再確認一次，你從來都沒有主動打過電話給他吧？」

「沒有，一次都沒有。」

這可以利用，犬養心想。

讓惠美打電話過去，把他叫到隨便某個地方。雖然很單純，但值得一試。

至於最重要的事情剛才一直忘了問。

「你知道醫生的身分嗎？」

「只知道名字，他叫寺町亘輝。」

3

之後警方雖然持續偵訊惠美，但到最後仍沒有問出其他有關寺町亘輝的情報。

以防萬一，犬養將偵訊惠美時錄下的影像拿給馬籠母子與法條英輔確認。雖然小枝子好像還是沒什麼自信，但大地和英輔兩個人一看到惠美的臉便表示她就是「Doctor Death」身旁的女性。這麼一來就能證明惠美的口供確實可信。

目前還無法證明惠美積極協助安樂死執行的可能性，而且她基本上就只是個幫忙提包包、讓家屬安心的裝飾而已，犬養完全想不到到底有哪條法律可以辦她。然而就搜查本部的立場來說，她是目前唯一一個和「Doctor Death」寺町亘輝有關係的人，所以一直到破案為止，都希望能將她扣留下來。

然而由於證據不夠充分，搜查本部最後只能將她釋放。

「真他媽是個無趣的證人。」

麻生火大地看向犬養與明日香。無論再怎麼拍打惠美也沒掉下半粒灰塵，他看起來相當懊惱。

「查證後發現她從頭到尾說的都是真的，這一兩年她雖然有在成衣量販店和超市打過工，但每一份都做不久。不過町田的公寓租金比一般便宜許多，所以吃老本、偶爾協助寺町，這樣倒是不愁吃穿。」

也就是說這兩年來，她除了協助寺町之外，並沒有從事任何醫療行為。

「實際上，雛森惠美完全沒有表示自己有以護理師身分進行過醫療行為，證詞中也沒有什麼破綻。如果沒有繼續偵訊的理由，我們也沒辦法拿她怎樣。」

「不過會放她離開應該是有其他的理由吧？」

犬養這麼試探，麻生就露出了奸詐的笑容。

「搜查本部還沒有將雛森惠美被偵訊的消息透露給媒體，既然還沒透露，那麼寺町亘輝就非常有可能還會叫她去幫忙做事。所以我們放她走，條件是下次接到寺町的委託時必須向警方通報。當然，我們也派了人二十四小時看著她。如果寺町有跟她接觸，我們就算賺到了。」

「她也有可能會一五一十地告訴寺町不是嗎？」

「我們威脅她，如果這麼做的話就會依窩藏人犯的罪嫌逮捕她。她一聽到會處兩年以下徒刑就嚇得魂飛魄散，我看她那樣子是不敢告密了，畢竟她也只是當成從旁輔助的打工而已。」

所以是精打細算之下才放人的。雖然在偵辦多人共同犯案的案子時常使用這種手段，不過犬養非常懷疑這次管不管用。如果對方會因為這點手段就露出馬腳，那警方早就將他抓起來了。

「既然雛森惠美有別動隊盯著，我就採取其他行動囉？」

「你想到什麼了嗎？」

「我想重新調查安城邦武的案子。」

「西端醫院的事情啊。你到底想查什麼？」

「雖然我也說不清楚……」

犬養試圖不讓自己聽起來像在狡辯，即使這名上司默許他有一定程度的自由裁量權，但也不會容許他隨便想到什麼就挖什麼。

「我總覺得第二起案件的氛圍跟其他的案件都不一樣。」

「因為那是唯一一件現場在醫院的案子嗎？可是沙耶香也是在醫院裡被盯上的。」

「『Doctor Death』是承接安樂死委託的人，馬籠健一和法條正宗都死得很安詳，可是安城邦武的情況呢？」

「死因是高血鉀症，和法條一樣。」

「死因是一樣，但死亡時的狀況不一樣。十三日下午一點二十五分，因為監控螢幕發出警報而察覺異狀的宇都宮醫師和負責的兩名護理師趕到病房時，發現安城邦武十分痛苦。你想想，當時他很痛苦，那這就不能算是安樂死了不是嗎？」

「你那只是在玩文字遊戲罷了。」

麻生略顯不耐。

「為了不讓病患繼續受苦，於是使用藥物或其他方式讓患者迎接死亡，這才是積極安樂死的定義不是嗎？不至於連死前痛不痛苦都要考慮進去吧？」

「話是這麼說，但是跟馬籠還有法條比起來，手法未免也太粗糙了。其他兩個人不但一直到死前都跟睡著了一樣安詳，而且司法解剖的結果上也有些微的差異。」

「什麼差異？」

「麻醉劑的部分。」

犬養翻開搜查資料中的解剖報告書，指出有問題的部分。

「這兩個人的體內除了直接造成死亡的氯化鉀製劑之外，還檢驗出了麻醉劑 Thiopental，可是安城的遺體卻完全沒有檢驗出這個成分。注射 Thiopental 的目的在於讓患者陷入昏睡狀態，可是為什麼只有安城的案子少了這個步驟呢？」

「他可是在保全措施嚴謹的醫院內犯案，搞不好是時間不夠也說不定。」

「安城的案子還有一個不同的地方，就是一直到現在都還沒辦法鎖定委託『Doctor Death』進行安樂死的人到底是誰。」

「這與其說是差異，不如說是搜查本部不中用吧。」

麻生的眉頭露出了一絲不快。

「馬籠小枝子和法條英輔委託安樂死的口供，都是你親自逼出來的吧？那你大不了繼續追討安城身邊的人不就好了？重點就是你太散漫。」

麻生的措辭令犬養愣了一下，沒想到他的矛頭竟然會指向自己。

「這也是我想確認的其中一件事情，畢竟不能排除委託人握有寺町詳細情報的可能。」

「確認啊，那你打算要怎麼做？」

麻生又再次投以刺探的眼神。即使他看好犬養的狩獵能力，但很明顯也絕不打算放開手上的狗繩。犬養差一點就要露出苦笑了。

「直接去問本人。」

「你說什麼？」

「直接問寺町本人，問他是不是你殺了安城邦武。」

麻生與明日香都瞠目結舌。

「先前我女兒的那件事，寺町來了一記回馬槍。雖然不至於到產生親近感，但那傢伙對我應該不像之前那麼有敵意了，所以只要我正面質問他，他應該也會正面回答我。」
「你是認真的嗎？」
「也有一點死馬當活馬醫的心態啦。不過就算是敵對關係，頻繁的聯絡來往還是會催生出一點熟悉感的。而且他在網站上的介紹文中已經表明自己執行過多起安樂死，事到如今也沒必要特別隱瞞其中一件吧。」
麻生瞪著犬養，沉默不語。那副表情的意思，就是雖然我不滿你的提案，但我會等結果出來再下定論。
「竟然要強迫還沒抓到的犯人認罪，這還真是前所未聞。」
「真巧，我也是第一次。」
犬養跟鑑識課借了一間房間，並開啟自己的電腦，點進「Doctor Death 的往診室」。明日香雖然表現得興致缺缺，但還是站在犬養身後緊盯著螢幕。
犬養之所以選擇在鑑識課的房間聯絡寺町，是希望藉此找出他的所在位置，即便他知道這也是徒勞無功。不過若是對方馬上回覆訊息的話，還是有萬分之一的可能可以鎖定位置。
不知道那些愛湊熱鬧的人是不是還會上他的網站，犬養遲遲開不了網頁。
「雖然你跟班長說是死馬當活馬醫，但其實你很有把握吧？」
「你怎麼會這麼想？」

「因為犬養先生不會把釣鉤拋進沒有魚的池子裡不是嗎？」

比喻得真好，犬養心想。

「我認為班長也是清楚這點，才容忍你做這種事的。」

「一半對一半錯。」

在網站打開之前閒聊一下也無傷大雅。

「他雖然徹底掌握了家犬的個性，但也正因如此才不會全面信任家犬。他不能保證家犬會在什麼時候咬斷鎖鏈，所以才派你過來盯著我。」

「所以我是監察員嗎？」

「你也想得太美了。」

頂多就是感應比較差的警報器而已。不過犬養將這句話留在心裡。

就在明日香正打算說些什麼而張開嘴巴的瞬間，網頁恰巧打開了。

犬養猜得沒錯，網站的造訪人次比前一次又多了一些。他打開聯絡表單，開始填寫。

『我是犬養，謝謝你先前貼心的警告。我不否認你的危機管理能力高上我幾丈，而你說我是暴虎馮河的警察，說的也沒錯。但既然我身為一名警察，就不能靜靜咬著手指看你在暗中活躍。就像你的使命是用安樂死來解救受苦的患者，我的使命是將犯法的人逮捕歸案。

所以我有事想要問你。

我承認你執行安樂死的手法很俐落，要不是因為有個小契機讓我們發現你的存在，搞不好一直到現在我們都不會知道這些事情是你幹的。據家屬們所說，你會讓患者像沉睡一般迎接死亡，由此我們可以得知你的行徑和這個網站所提倡的觀點具有一貫性。

可是安城邦武的案子卻不一樣。

那是十月十三日發生的事件，因化學工廠事故住進西端醫院的安城邦武，在某人的委託之下被執行了安樂死。然而再怎麼恭維，他死亡的狀況都很難說是安樂死。聽說察覺異狀而趕到病房的醫生和護理師，見他一直到死前都表現得痛苦萬分。至於原因，就是因為你在注射毒藥之前沒有讓患者進入昏迷狀態的關係。

為什麼以安樂死為使命的你，唯獨不帶給安城邦武安息呢？

你對安城邦武有私人恩怨嗎？還是只是單純的失誤？

如果你高呼安樂死是自己的使命，還請你務必回答我這個問題。』

犬養按下確認鍵後，明日香依舊皺了皺眉頭。

「我寫得可圈可點吧？」

「你覺得對方會回你嗎？」

「我認為我寫的是他會回覆的內容。」

「Doctor Death」對自己的工作感到榮耀，而懷抱自豪的人，絕對不可能無視質疑這份榮耀的意見。雖然也可以透過揶揄安城邦武一案的方式來挑釁對方，但之前往來時，犬養感覺到對方有種說不上來的潔癖。對付這種人，與其出一些爛招，正面對決比較能得到好結果。

「就算真的收到回覆，犯人說的話能信幾分呢。」

從明日香諷刺的語氣，就能聽出她壓根不甩對方的那份潔癖。

「他並不是面對面觀察我們的臉色說話，而是在長相、聲音、地點都不會被人知道的安全地帶，安逸地享受我們的應對。人在游刃有餘的時候，就不會撒不必要的謊。」

「如果他撒了必要的謊該怎麼辦？」

「那樣一定會出現破綻，而我起碼有辦法看穿那個破綻。」

明日香似乎還想說點什麼，但是被犬養伸手制止。

「總之我們已經將球丟了出去，之後的應對，先看球怎麼跑再決定也不遲吧。對方是會把球選掉不打，還是揮棒出擊，又或者是設計意外的盜壘呢？」

無論回應如何，對方應該都會揣測我們的目的和態度，所以或許不會這麼快回覆——才這麼想，信件提示音就響起了。

寄出之後還不到五分鐘。雖然犬養覺得不太可能，但還是立刻跑回電腦前面。

『犬養先生，感謝你的來信。沒想到你還會寄信給我，令我著實吃了一驚。一般碰到那樣的事應該就會學乖才對，我對你越來越感興趣了。

談談正事。你問的是那個姓安城的事情對吧？可是很不巧，我對這號人物完全沒印象。我好歹也是個醫師，每一位由我親手執行安樂死的患者我都記得，所以我想我並沒有接過那名患者的案子。而且，讓患者於痛苦之中迎接死亡並非我的作風，那是其他人做的好事。犬養先生應該已經調查過，我繼承了我所尊崇的醫師，傑克・凱沃基安的做法，在注射氯化鉀之前必定會先使用Thiopental讓患者進入昏睡狀態。若不讓患者在安樂的狀態下死亡，就不能稱為安樂死，只是單純的殺戮。

如果那個人盜用了我的名號，問題可就嚴重了。犯人若非對安城抱有強烈的殺意，恐怕就是個欠缺醫學知識的人。這事關我身為醫生的聲譽，所以請你盡早逮捕犯人。若是為了這件事，我並不吝於提供資訊上的協助。另外還有一件事，雖然不知道是否能帶給你提示，不過就算不是醫療相關人員，也是有辦法取得氯化鉀的。』

讀完內容後，犬養轉頭面向待命的鑑識課同仁土屋。

鎖定發信位置了嗎──犬養發出沉默的詢問，不過對方的反應看起來不怎麼樂觀。

「還是不行，中間經過太多海外伺服器了。不管對方回覆速度多快都一樣，根本找不到。」

雖然是預料之中的事，不過親耳聽到還是令人有些失落。明日香倒是看起來滿興奮的。

「回覆的內容是真的嗎？」

「說謊對對方來說也得不到什麼好處。」

犬養一面說，一面將掛在椅背上的外套拎起來。

「要跑一趟川崎了。我們得重新調查安城邦武的人際關係。」

「居然尋求犯人的幫助，真是不敢相信。」

「如果安城的案子跟寺町完全無關，你這個吐槽就沒什麼意義了呢。」

明日香一頭霧水，搖了搖頭跟上犬養。

他們到西端化工的工廠找小菅，員工說他可能正在休息。

雖然掛名休息室，但也就是一間不及四坪的辦公室，裡面放了一台販賣機和幾張辦公椅。小菅一個人待在裡頭，嘴裡含著棒棒糖。

「抱歉打擾你休息了。」

看到犬養與明日香，小菅似乎不怎麼驚訝，默默地請他們坐在一旁的空位。一名年過四十的男人舔著棒棒糖的畫面看起來雖然稍嫌滑稽，但看到牆上貼著「嚴禁火源」的公告就知道背後的原因了。

「小菅先生，你以前是個老菸槍嗎？」

「是啊，但這裡畢竟是化學工廠，不管是廁所還是走廊都禁菸，就連休息室也一樣。」

看來糖果是用來解嘴癢的替代品。犬養到一旁的販賣機投了三罐咖啡，並將其中一罐遞給小菅。

「啊，真是不好意思。」

「不會，畢竟我們打擾了你寶貴的休息時間。那我就開門見山地說了，小菅先生，我們希望能再次向之前與安城先生同一工區的人詢問一些問題。」

「你們還沒抓住那個叫『Doctor Death』的醫生呢。所以警方還是認為委託安樂死的人就在工廠裡嗎？」

「不見得是工廠裡的人，所有仰慕安城先生的人都是我們調查的對象。」

「被害者是很有名望的人，不過殺害他的人也是好人的意思嗎？」

「你這麼認為嗎？先不管這個，這起事件和其他案子相比，許多面向都不相同，所以我們也傷透了腦筋呢。」

小菅一口氣喝光咖啡，然後嘆了口短短的氣。

「不想讓仰慕的人痛苦下去……即便是這種理由，法律也不會寬恕的吧？」

「至少現在的日本沒辦法。然而這次的事件可能會成為一個契機，促使社會重新審視安樂死的認可條件。當然還需要點時間就是了。」

「……你們要把人一個個叫來休息室問嗎？」

「不，不必那麼麻煩。只要借用工廠的任何一個角落就行了。」

「即使只是角落，但麻煩進工廠的時候請戴上這個。」

小菅將掛在牆上的安全帽拿給犬養和明日香。

「如果出了什麼問題，責任會落在我頭上的。」

「謝謝。那就麻煩你現在帶我們過去了。」

犬養接過空罐，與明日香兩人隨著小菅離開休息室。

第一個對象是被安城救了一命的立花志郎。

「你要我再講一次事故發生時的狀況？」

中斷手上作業前來的立花表現得有些不滿。

「你被掉下來的風管夾住動彈不得，而安城先生從外面跑回來救你。」

「對啊，之前我就是這樣說的不是嗎？」

「安城先生在整個作業上負責哪個部分到哪個部分？」

「他是第四工區的作業主任，所以會巡視整個第四工區。反過來說如果沒什麼事，就不會踏入其他工區。」

這句話令犬養感到在意。

「所以如果有什麼事情的話，也有可能會走到其他工區就對了。比方說可能會是什麼情況？」

「反正就是機械故障、運作問題之類的。因為從第一到第四，所有工區的一切內容，安城先生都有碰過，所以大家要是有什麼不懂的，都會請安城先生過去看一下。」

也就是說他是第二工廠的活字典。

「他不僅是個令人尊敬的人，也是一位無可挑剔的上司。他做事就兩個字，仔細。雖然也因為這裡是化學工廠啦，但總之他每件事情都要求確認再確認。安城先生常說自己做事總是步步為營，在這樣的主任底下做事，第四工區的失誤率也一直都是最低的，至於其他工區三不五時就會出現檢查疏漏等有的沒的小問題，所以其他工區的主任甚至還會跑來請他給點建議呢。我想起來了，事故發生時也是這樣。」

「咦？」

犬養無視驚呼出聲的明日香，繼續提問。

「請你再說得詳細一點。」

「反應槽爆炸前，安城主任被叫到第二工區。之所以會沒檢查到氧氯化反應的警示燈，也是因為他剛好不在崗位上。第二工區的人也都知道這件事情，所以一直到現在都對工廠內的其他人抬不起頭來。」

犬養決定接下來要詢問第二工區的作業員。過來的是一名叫柳原正也的男子，他也很尊敬安城。

「第二工區負責控制裂解反應，我們當時發現管道內有一個部分的腐蝕狀況滿嚴重的，雖然還不至於影響到回流槽，但還是得換成新的。可是如果真的要停止生產線，也必須想辦法在最短的時間內更換完畢，所以我才會跟安城主任請教。」

立花說的沒錯，柳原始終帶著一份愧歉，或許是因為他把安城叫來自己的工區，才害安城發生疏失，所以感到過意不去吧。

「當時我們區的主任剛好去休息，所以我才會請安城先生過來。一想到當初如果等我們主任回來再處理的話，安城主任也不會捲入事件。我……真的是……」

「安城先生過來第二工區時是什麼狀態？比方說看起來急急忙忙的，或是說明很潦草之類的。」

「安城主任絕對不會那樣。他的說明會盡可能深入淺出，讓任何作業員都能聽明白。我也從沒看過那個人露出匆忙的樣子。」

柳原似乎有點生氣，這就證明了他對安城有多信賴。

「其實，第二工廠所有認識安城主任的人都很納悶，那個對所有事情都很謹慎，總是沉著冷靜的人，怎麼會漏看警示燈號。上面的人覺得再怎麼熟悉作業，人也都會有犯錯的時候，但像我們這些認識安城主任的人，實在沒辦法相信這種事情。」

「這樣啊。我了解了，真的十分感謝你的協助。」

看著走回崗位的柳原，明日香緊張兮兮地問犬養。
「只問那麼一點問題就結束了嗎？」
「對。因為我想知道的事情大概都知道了。走吧。」
「這次又要去哪裡……」
「川崎消防署還有地方警署。運氣好的話，應該會在這兩個地方找到有用的東西。」
「如果是跟解決事件有關的東西，那消防署跟地方警署應該早就找出來了吧。」
「他們也可能遺漏了什麼，如果那東西沒辦法一眼看出的話。」
「……我以前就覺得啊，」
「怎樣？」
「犬養先生是不是不相信其他刑警啊？你是不是覺得只有自己是優秀的刑警？」
犬養並不打算理會明日香的抗議。
如果是優秀的刑警，哪裡會做出向犯人求助這麼羞恥的行為。
兩天後，犬養他們於同一時間造訪工廠休息室，裡面依然只有小菅一個人在休息。
「怎麼，又是你們？每天這樣跑還真是辛苦呢。」
小菅一臉厭煩地看著犬養與明日香，眉毛一帶的動態彷彿是在叫他們趕快消失。

「今天到底又要問誰什麼問題？我當然知道你們辦案很重要，但也希望警方不要影響到我們工作的進程。」

「這是最後一次了，之後我想我們就不會再來工廠打擾了。」

「哦，那真是太好了。雖然你們是一個一個叫，但生產線上有人離開的話，人員調整上也是很麻煩的。」

「你知道我們問了大家什麼嗎？」

「不清楚。」

「我們請大家告訴我們安城先生在職場上的為人。聽說因為是在化學工廠工作，所以他這個人總是慎重無比，十分沉著冷靜。」

「是啊。只有他一個人待過每一個工區，所以他非常熟悉哪個工區過去出過什麼問題。正因為知道這些事情，他才格外謹慎。」

「所以我們就覺得很奇怪。」

「啊？」

「那麼兢兢業業的人，就算是被下屬請去提供意見好了，又怎麼會忘了確認警示燈號呢？他真的覺得只要說個兩三句話就可以回來了嗎？不對，他是個行事嚴謹的人，而且又身為主任，我認為他即使被人叫走，也不會疏於確認才是。」

「那……嗯，也是啦。」

「這種人要離開自己的崗位時會怎麼做？首先第一個想到的就是交代同工區的下屬幫忙看顧。然而我們問遍了第四工區的作業員，沒有人被安城先生叫去幫忙。而且從安城先生的個性來看，如果要將自己的工作交給其他人，應該會考慮到責任歸屬問題，所以找一個比自己位階還高的人來幫忙還比較自然。」

「喂，你該不會——」

「安城先生是不是有請你去幫忙，小菅工區長？」

「不關我的事。」

犬養不顧小菅怫然作色，繼續開口。

「為了確保廠房內的安全並且避免事故發生，工廠內處處都有設置監視器，第二工廠也一樣。雖然反應槽爆炸讓工廠內部幾乎付之一炬，連監視器也燒了個精光，但監控室的主機裡仍保存著事故發生前的紀錄。川崎警署和消防署為了調查事故的肇因，也留了一份檔案下來。我們昨天看了所有的紀錄，雖然只是事故發生前三十分鐘左右的影像，但畢竟安裝的監視器數量可不是開玩笑的，哎呀，花了我們不少時間呢。」

一旁的明日香不滿地點點頭。實際上，他們窩在鑑識課房間裡盯著螢幕看了將近八個小時，也難怪明日香多少會感到不悅。

「在總計二十台監視器不間斷的拍攝過程中，捕捉到了這樣的景象。」

犬養遞出的紙上印著一幅畫面，兩名身穿工作服的男子正在操作面板前交頭接耳。

小菅盯著照片看，臉部微微扭曲。

「這是小菅先生和安城先生沒錯吧？胸前的名牌寫得很清楚。」

「那又怎樣？在工廠內碰頭的話，多少會聊個一兩句吧。」

「你們聊了什麼？」

「……我怎麼可能記得。」

「小菅先生，這個畫面是將原影像放大後解析的結果。現在的數位技術要做到這種事情根本輕而易舉。雖然影像中沒有錄到兩位說話的聲音，但從嘴形還是有辦法推測出內容。」

小菅的表情越來越緊繃，不過犬養可不打算讓他喘息。

「安城先生是這麼說的，我現在要去第二工區一下，這段時間請幫我留意一下警示燈號。」

「不、不是！」

「視覺之後，接下來我們進入聽覺吧。」

犬養從懷中取出錄音機，按下播放鍵。

『是一個住在川崎，名叫安城邦武的男人。你們查一下就知道了。』

「這個聲音是十月十五日，通信指令中心接獲的通報電話，這個人舉發安城先生被『Doctor Death』施以安樂死。你對這個聲音有印象嗎？」

「誰知道。」

「那麼這個聲音又如何呢？」

『是啊，但這裡畢竟是化學工廠，不管是廁所還是走廊都禁菸，連休息室也一樣。』

「這、這是——」

「沒錯，前幾天過來拜訪時，我一直把這東西開著放在口袋裡。請鑑識課分析聲紋之後，發現這兩個聲音完全一致，再加上留在公共電話上的指紋和前幾天你遞給我的空罐上的指紋也一致，所以打到通信指令中心匿名通報的人就是你。」

犬養一步一步逼近小菅。

「小菅仁一先生，你就是殺害安城先生的兇手吧？」

小菅瞬間目瞪口呆。

「你說什麼！」

「安城先生離開崗位時，交代你幫忙確認氧氯化反應的警示燈號，但你卻疏於確認，所以就算緊急釋放閥故障，警示燈號亮起，也沒有任何人發現，結果導致了極其慘烈的爆炸事故。你看到工廠的慘狀和受傷送醫的人應該感到很害怕，這可不是一個人負得起的責任。所幸，負責確認警示燈號的人是安城主任，而他正躺在病床上昏迷不醒。聽到主治醫師判斷他恢復希望渺茫，你肯定暫時安下了一顆心吧。然而恢復機會渺茫並不代表完全不可能，難保他哪天突然轉醒，說出事故發生前的來龍去脈。如果事情演變成那樣，你就完蛋了。」

犬養將臉湊近，鼻頭都快蹭到小菅的鼻子了。他早就算到自己那端正的五官在面無表情時有多大的威嚴。

「明明發生了那種事故，工廠人員對安城主任依然沒有任何責備的意思，這是因為他平時素行良好，再加上他自己也是犧牲者之一的關係。如果他們知道你才是那次疏失的罪魁禍首，不光是工廠人員，恐怕整個社會、工廠員工的家屬都不會放過你吧。對你而言，安城主任成了威脅，必須趁人還昏迷不醒時送他上路。所以你就殺了他，並且偽裝成安樂死，甚至還匿名通報，想將這條罪轉嫁給最近在報導上看到的『Doctor Death』。」

「證據拿出來啊。」

從他顫抖的聲音，就知道他只是在虛張聲勢。

「有什麼證據證明人是我殺的？」

「西端化工似乎也有在製造鉀產品呢，那麼廠裡自然會有產品原料氯化鉀的庫存。聽說有辦法進倉庫的，就只有主任以上階級的人，而你在安城先生過世前天，也就是十月十一號的時候曾進入倉庫，取出了少量的氯化鉀。」

「你難道有證據證明那些氯化鉀就是打進安城體內的氯化鉀嗎？氯化鉀可不是管制性化學藥品，任誰都可以在網路上……」

「我可從來沒說過害死安城先生的東西是氯化鉀，媒體報導也沒寫得這麼詳細。」

小菅頓時語塞。

他的表情整個僵掉，照這樣子來看應該就差一步了。

「你問我有沒有證據，我告訴你，同樣是氯化鉀，這裡使用的是工業用氯化鉀。你知道工業用和醫療用的氯化鉀製劑組成並不一樣嗎？」

小菅看起來已經快堅持不住了。

「司法解剖時採集到的氯化鉀樣本還留著，我們檢驗後發現和這裡倉庫保管的氯化鉀成分一致。我再告訴你一件事情好了，從事故發生到安城先生死亡的這段時間內，曾經進入倉庫、到過西端醫院探望，符合這兩項條件的就只有小菅先生你一個人。你之所以每天跑醫院，不是為了探望他，而是為了調查醫院人員的工作狀況與管理體制，找機會掉包安城先生的點滴袋。沒錯吧——」

犬養壓低聲音，準備給他致命一擊。

「這並不是衝動犯罪，而是十分周詳的計畫性殺人。檢察官和法官的觀感應該會差到不行吧，只要你不是主動供認的話。」

頓時，小菅像斷了線的木偶一樣，整個人癱倒下來。

「……招供的話，能減輕罪刑嗎？」

得手了。

「當然，這裡並不是偵訊室，你也可以採取自首的形式跟我們回警局。」

犬養鬆了一口氣，他剛才說的都只是間接證據，甚至放大監視器畫面讀唇語也只是在唬人。監視器確實拍到安城與小菅的身影，但並沒有連唇形都拍得一清二楚。

不過一旦攻陷對方，之後只需要撿拾他口中掉出來的真相即可。

「沒辦法，我一直怕得不得了。醫生雖然持悲觀態度，但一想到萬一他真的醒過來，我就坐立難安。我當時想，難不成只要他還沒死，我就得一直活在這種恐懼之下嗎？」

小菅的聲音開始發抖。

「我得做些什麼，得想想辦法才行，就在這個時候，我從周刊上看到了『Doctor Death』的新聞。報導上寫他是利用氯化鉀來進行安樂死，所以我才想到這個手法。」

也就是說，報導有寫到他使用了氯化鉀製劑，卻沒有提到麻醉劑的事情。

但如果有提到麻醉劑的話，小菅或許就會嫌麻煩而打消犯罪的念頭。反過來說如果他不顧繁雜的步驟堅決進行安樂死的話，安城也不必死得那麼痛苦了。對於被殺害的安城來說，不完整的資訊帶給了他雙重災難。

「明明發生了那麼嚴重的事故，公司內擁護安城先生的聲音還是很大，你是不是感到嫉妒？」

犬養提問，但小菅沉默以對。犬養認為這個男人的沉默等於肯定。

「如果安城先生就這麼昏迷到過世，那麼事故的責任就會被他帶進棺材，這也是最安穩的結果。比起被人發現那其實是你的疏失，因而遭到砲火集中攻擊的下場好多了……你不這麼認為嗎？」

犬養問道，小菅輕輕地點了頭。

「之後的事情要到署裡再說嗎？」

「不……」

總之現在先全部說出來會比較輕鬆——犬養認為他是這個意思。

動機、手段都已經明朗，接下來只剩下確認犯罪時有無殺意，就能滿足成案條件了。

「你是趁負責的護理師和其他探病訪客不在的時候闖入病房的，對吧？」

「……每天都去的話，其實找出十分鐘或十五分鐘的空檔意外地容易。西端化工有在賣醫療器具，所以點滴袋也能輕鬆入手……過程真的順利得教人驚訝，我只是將裝了氯化鉀的點滴袋跟他原本的點滴袋交換，事情就結束了。」

「就算真的看準時機好了，時間應該也沒那麼充裕才對。過程中都沒碰上任何問題嗎？請你告訴我們當時的情況。」

小菅垂著頭好一陣子，之後頭也不抬，便有氣無力地說道。

「安城是一個好部屬……他工作的模樣總是令人欽佩。雖然他不是個機靈的人，不懂得變通，所以升官升得慢，不過卻是一個既可靠又值得信任的難得人才。我成了他的直屬上司後也和他共事過一段時間，他的信譽真的好得令人嫉妒。」

「所以才萌生殺意……」

「這也是原因之一，但看著躺在病床上的安城，我開始產生了其他想法。」

事態好像要往奇怪的方向發展了。但犬養也不好打斷，只能等他繼續說下去。

「雖然他好像沒有意識，但表情看起來很痛苦。工作時他絕對不會讓我和下屬看到那副表情。我開始想，他真的這麼痛苦嗎？總覺得……總覺得很可憐。我想，如果要像這樣一直痛苦到死，不如早點讓他解脫或許才是一種慈悲。」

小菅緩緩抬起頭，臉上已經不帶一絲邪氣。

「請相信我，我是真心想幫一直受苦受難的安城解脫。我心想只要注射氯化鉀，他就能安安靜靜地離開了。」

接著犬養他們便將小菅帶回警視廳，馬上製作筆錄。不知道是不是因為帶回來之前就已經氣勢受挫，小菅在製作筆錄時並無任何抵抗。

「但結果還是回到原點了。」

犬養與明日香結束偵訊、回到刑警辦公室後，麻生一如既往，撇著嘴等著他們。

「現在只知道三件案子之中有一件完全無關，最關鍵的寺町我們還是沒接近半步。」

「不，我認為我們多少有接近了。」

「你說什麼？」

「起碼在安城的案子上，寺町表現出來的潔癖還有對模倣犯的侮蔑透露了他的性格。雖然不知道這麼說恰不恰當，但那傢伙肯定是專業的。」

「安樂死的專家嗎？哼，令人作嘔。」

「因為是專家，所以碰到有人讓需要安樂死的病患受苦，才會感到強烈的憤怒，也無法原諒冒用自己名號的人。」

「一般滿腦子妄想又夜郎自大的連續殺人犯也會對冒牌貨感到生氣不是嗎？」

「不，我感覺寺町不是在虛張聲勢，而是真的自詡為安樂死這項醫療領域的專家。如果他只是純粹享受殺人的樂趣，那麼出現模倣犯也只會增加警察的麻煩，對他來說反而更能安心才對。」

犬養反覆咀嚼「Doctor Death」回覆的內容，字裡行間表露的無疑是驕傲與使命感。

對方並非視警方為敵人，而是對這個不承認安樂死的國家的規範與良知搖動反抗的旗幟。

「終於連你也淪落到開始信仰那無聊的犯罪剖繪了嗎?」

「犯罪剖繪是統計學的應用吧?正好相反。『Doctor Death』是樣本之外的個案，他的內心和行動原理，無論找再多剖繪專家來分析，恐怕連根毛也分析不出來，最後只會作出錯誤的判斷，抓錯人，讓那傢伙看笑話罷了。」

「我看你挺賞識那傢伙的嘛。自己的女兒都碰上那麼危險的事情了，你該不會受了他的影響吧?」

犬養敷衍地搖搖頭。

他絕對沒有受到 Doctor Death 的影響，只是發現彼此的共通點，所以感到有些吃驚而已。

一個是刑警、一個是醫生，即便身處的世界不同，在偏離正道的這一點之上，兩人卻是一丘之貉。

無痛之死

苦痛なき死

1

從雛森惠美口中獲得情報後都過了一個星期，警方仍無法掌握任何跟寺町亘輝有關的消息。放惠美走之前，雖然有讓她協助繪製寺町的肖像畫，但過程中她本人也沒什麼自信。聽說肖像畫搜查員不管修正再多次線條，都畫不出類似本人的模樣。

「我這麼說可能很奇怪，但他的長相真的沒有特徵可言。大概就像是明明就在你眼前，但是當你準備伸手去抓的時候，他就一溜煙地跑掉的感覺……」

明明共同行動了這麼久，這種說詞實在令人難以信服，但畢竟其他目擊者也說了相同的話，所以並沒有什麼好奇怪的。之後惠美持續和肖像畫搜查員經歷一番苦鬥，卻終究沒能畫出滿意的肖像。雖然有幾幅試畫作品，但聽說每一幅都跟本人差很多。

暫停繪製的肖像畫搜查員沮喪地抱怨。

「要畫得像本人是有訣竅的。首先掌握臉部輪廓，然後將眼、鼻、口這些零件擺上正確的位置，接著再大膽針對各部位的特徵進行變形，比如拉開眼距、加大嘴巴。與其畫成四不像的擬真畫，不如先畫得跟漫畫人物一樣，再慢慢修成寫實的模樣。每個人的方法不一，但基本上都會緊扣著特徵去作畫，可是這個世界上真的存在那種沒有特徵的長相。不對，與其說是沒特徵，應該說其他的特徵太過突出，導致長相比較不容易被人記起來。像寺町的情況就是頭頂，頂著那麼禿的頭，人的目光自然就聚焦在那上面，掩蓋我們對於其他五官的印象。而你也知道，這唯一的特徵，只要戴上假髮就不復存在了。」

搜查本部透過日本醫師會向全國醫院確認寺町亘輝的身分，但也是無疾而終。即使翻遍全國的大學醫院和個人經營的小診所，甚至連勉強稱得上醫院的機構都問了，還是找不到叫寺町亘輝的醫生。

「寺町亘輝這個名字是本名嗎？」

醫院方面毫無斬獲，麻生也藏不住煩躁。

「不是雛森惠美捏造了個名字，就是她深信那個假名就是 Doctor Death 的本名。」惠美和寺町一開始見面時，寺町只給她看過一張名片，並沒有出示任何像醫師執照之類能確認身分的東西。

「確實有這個可能。如果連名字也是假名，那我們就真的一點線索也沒有了。」

犬養說到這裡便打住，反正他本來就不認為跟醫院確認名冊就能找出寺町的所在之處。經過網路上的互動，他早已了解對方的智慧和細心謹慎，也充分明白他不是那麼簡單就會露出馬腳的對手。

「我們姑且拿寺町亘輝這個名字去查照了前案紀錄表，但沒有符合的資料。而且如果前案裡有紀錄，我們早在現場採集到指紋時就會查到身分了。」

「雛森惠美的監視狀況如何？有什麼動靜嗎？」

四名別動隊隊員一天二十四小時盯著惠美，有任何風吹草動，搜查本部應該都會接到報告。

「沒什麼值得注意的動靜。」

麻生忿忿地說。

「每天就是往返於公寓跟超市間，看起來也沒有跟寺町聯絡的跡象，完全處於待命狀態。」

處於待命狀態的可不只有別動隊的四人，現在搜查本部全體都在等待新的線索出現，等到都快天荒地老。必須盡早解決事件的壓力日漸增加，辦案過程卻撞上暗礁。

「今天早上，刑事部長和村瀨管理官好像被警視總監叫過去了。」

犬養反射性想起那張臉。那個人在媒體上看起來一副紳士模樣，但據說在廳內卻從來沒人見過他露出溫和的表情。

「我是沒聽說內容，但一定不是什麼好聽話。外頭都已經鬧成那樣，連兇手的名字都已經知道了，但是到現在都還抓不到人，會被罵到臭頭也是無可奈何的事。」

麻生雖然講得像是在自言自語，但感覺根本就是在說給人聽。

外頭鬧成那樣，指的是社會輿論和媒體。搜查本部已經將提出替家人安樂死委託的馬籠小枝子與法條英輔，以加工自殺的罪嫌送檢，而社會上對此舉意見分歧。換句話說，問題在於該認定安樂死為正當的個人權利，還是該單純視為自殺與加工自殺，然後交由司法裁決。

在少子高齡化現象越趨嚴重，被看護者持續增加的現況下，安樂死絕非無關緊要或遙遠未來的問題。而「Doctor Death」的存在流傳開來後，長久以來沒有解決的各種問題彷彿都攤在了陽光底下。

這個國家所認定的安樂死僅限於有消極安樂死之稱的安寧療護，然而病症末期的定義始終曖昧不明，延命醫療的費用又高昂，難以期待醫生會主動提出安樂死的建議。患者在鬼門關前徘徊，家屬看不見光明，只有醫院的診療報酬點數一路攀升。這種情況簡直就像是醫生將患者的生命作為牲禮，來自肥私囊的行為。

但也不能單方面責怪醫生。自己的話還不好說，一旦牽扯到家人，幾乎所有人都會希望進行延命治療。要說這是因為日本人傳統上十分重視家人倫理是沒錯，但也無法撇開人們無論如何都要救家人一命的心情不談。

事情不光是生死觀的差異，年年膨脹的醫療保費問題也脫不了關係。這些背景引發大眾熱烈討論「Doctor Death」施行的安樂死到底該不該視為犯罪。

有人高呼，難道我們不能擁有自己結束生命的權利嗎?接著宗教人士便跳出來反駁，說自殺是對神的褻瀆。

有人主張延命措施會造成家庭的負擔，應該停止。於是厚生勞動省的退休官員便老大不高興，表示降低醫療費的聲音，極有可能會妨害患者的生存權。

而最後他們終於注意到，自己一直以來，都在逃避死亡這件近在眼前的事情。

馬籠小枝子與法條英輔遭到逮捕、送檢的消息，就是在這樣百家爭鳴的情況下公開的。

『這兩個人只是想讓親人擺脫痛苦而已。』

『如果患者本人想自殺卻辦不到，那麼僅僅是幫他自殺就構成犯罪的話，心情上實在無法接受。』

『禁止自殺難道不是在侵犯人權嗎？』

『現在的法律不改，只會出現越來越多不幸的案例，起碼有關病症末期的規定必須更具體一些。』

『日本沒必要和歐美國家抱持相同的倫理觀念，家人希望延續患者的生命，這不正是件美好的事情嗎？問題在於醫療費太高了。』

『小枝子女士和英輔先生都只是遵從往生者的遺志而已。如果這樣就要判他們加工自殺罪，未免也太苛薄了。難道法律如此不近人情嗎？』

『這不只是一樁犯罪事件，而是將聚光燈打到醫療行政漏洞上的事件。』

『這也算是法律的灰色地帶吧。跟歐美比起來，日本一直都對自主決定權和尊嚴死的問題敷衍了事，現在遭到現世報了。』

『實現越多患者的願望，犯罪者也隨之增加，這樣不是很奇怪嗎？』

『說到底，被送檢的那兩個人只不過是委託而已，實際下手的是 Doctor Death 吧？為什麼不先去抓他？』

『好想聽他用本人的聲音親自分享自己的主張，而不是只在網路上打字。搞不好實際聽了他的話，會發現他意外是個道德學者呢。』

在輿論譁然的狀況下，矛頭開始指向一直以來未曾正視安樂死問題的醫界，還有至今仍未捉住「Doctor Death」的搜查本部。

「警視總監會叫刑事部長和管理官過去，一方面當然是為了整旅厲卒，但也不光是這個原因。政府正準備提案要刪減一成社會保險費時，卻冒出了一堆聲音要國家重新審視延命治療的問題，關心社福議題的議員像被賞了兩巴掌一樣，慌張得很。而且高額醫療費和診療報酬制度如果被拿出來鞭，有些醫生也會很頭痛的。」

言下之意，那些人透過公安委員會向警視廳施壓就對了。

「他們認為只要警察趕快抓到寺町，媒體跟大眾就會把安樂死問題忘得一乾二淨。我是不否認世間的關心就是來得快去得也快啦，總之他們就是把民眾當笨蛋。」

麻生的口氣比平常更諷刺。畢竟對輿論和外在壓力敏感的雖然是高層，但實際出馬解決問題的總是基層的搜查員。

「為什麼到現在還沒公開寺町亘輝的名字和肖像畫？」

明日香氣憤逼問，犬養心想這時應該要稍微訓誡一下。

「公布連目擊者自己都不敢確定的肖像畫，只會害我們抓錯人，而且現在也還不知道寺町亘輝到底是不是本名。你有種就把不確定的消息放出去看看，到頭來搞不好原本不用處理的問題都會落到你頭上。」

「話是這樣說沒錯，但這樣下去事情也不會有進展啊。難道犬養先生覺得向民眾蒐集新的情報是不對的嗎？」

「我們需要新的情報沒錯，但不確定的材料只會獲得不確定的情報。雖然也可以考慮人海戰術，但光是找出曾在『Doctor Death 的往診室』上留言過的網友，就已經讓鑑識課的人累得跟狗一樣，實地勘察也把各地警署和別動隊給累壞了。如果每一份蒐集到的情報都派人手下去處理，遲早會讓一些刑警操壞的，一旦操壞了，效率就會變低。」

明日香的訴求太過情緒化，而面對情緒化的人，就得靠理論讓來壓制——犬養是抱持這種看法才這麼說的。

然而這是他的壞習慣。他完全忘記有時候對明日香這種人，如果太以理相逼，反而會產生反效果。

明日香一瞬間不懷好意地撇了撇嘴。

「犬養先生你怎麼了？為什麼這次這麼沒膽？你會怕成這樣，果然是因為沙耶香被盯上了才……」

「高千穗！」

麻生打斷明日香，她才回過神來，馬上遮住嘴別過臉去。

「……對不起。」

犬養瞥了明日香一眼。

他並不打算加以責備，對捲起尾巴的對手進一步追擊的行為，在偵訊時已經做得夠多了。

而且明日香的論點也不完全是錯誤的。

自己的確在害怕對手。

「我去鑑識那邊一趟。」

犬養拋下這句話，獨自離開了刑警辦公室。

他走到鑑識課，打開放在保管處的私人電腦。

現階段不太可能期待從街頭巷口獲得新的情報，那麼再次直接聯絡「Doctor Death」還比較有效率。

認出犬養的土屋快快走近。

「如果你又要跟那傢伙聯絡的話，我再來搜索看看他的位置。」

明知徒勞還是勇於挑戰嗎？土屋似乎從犬養的臉上看出這個想法，靦腆地笑了笑。

「那傢伙好像也沒換過中途經過的伺服器，總是走相同的路徑，然後逃回同樣的巢穴。只要跟緊一點，一定能揪住他的尾巴。」

「麻煩你準備一下。」

犬養微微欠身後，打開了「Doctor Death 的往診室」。

『我是犬養。感謝你先前提供的線索，幫助我們成功逮捕到安城先生一案的真兇。媒體已經報導了詳情，相信你也看到了。雖然你發的訊息有經過海外的伺服器，但我始終不認為你人在國外。或許你現在正躲在某個地方看著我們東忙西忙而暗自竊喜也說不定。

既然看得到我們的動靜，就表示也看得到這個社會的動靜，聽得到這個社會的聲音。社會和媒體再次關注起長期以來視而不見的安樂死議題，你犯下的那幾起事件，令大眾的關心比以前更認真、更迫切。難不成這才是你的目的？

不對，那些事情怎樣都無所謂，問題在於明明這麼多國民開始關注安樂死了，一直提倡積極安樂死的你卻沒有公開發表任何意見。

你可能會說，這座網站已經將你的主張表達得十分清楚，但我不這麼認為。光靠網站上的介紹文，無法充分表達你的想法，那麼就算有人認為你只是個想偷賺外快，隨便接安樂死案子的隨便醫生也是咎由自取。

你對安寧療護的現況有什麼看法？
對於將病症末期的判斷全權交給醫護現場的司法有什麼見解？
如果是為了凝聚有關積極安樂死的社會共識，那你自己有沒有什麼腹案？
你不打算親口說給醫界和司法界聽聽嗎？
坦白說，你的行為只不過是犯罪，然而動機或許就無法全然否定。證據就是你的行為激起了陣陣漣漪，且其中也有不少支持你的人存在。
然而個人郵件往來的方式，根本無法向廣大的群眾傳遞你的主張。所以我提議，將你的想法，透過你自己的嘴巴來告訴這個社會怎麼樣？對方是誰都無所謂，報社也好電視局也好，要不然說給我聽也可以。你有興趣的話，事情就由我們這邊安排。
如果你認為自己的行為正當，就應該讓它在公共領域正當化。若不這麼做，即使你的所作所為再正義，也無法受到認可。如果你相信積極安樂死是正當的醫療行為，就應該接受這個邀請。
靜候佳音。』
打完文章後，犬養突然發現土屋出現在身後。
「你又寫了這麼挑釁的東西。」
「魚餌還是要像這樣能勾起食慾，獵物才容易上鉤啊。」

「對方胃口有這麼好就好囉。」

「我也沒抱什麼希望就是了。」

犬養沒騙人，它相信「Doctor Death」有堅決的信念，因為沒有信念的人不可能會設定殺一個人二十萬這種超乎常識的價碼。二十萬只不過是減輕委託者罪惡感的煙霧彈。

如果他擁有不被社會接受的信念，難道不會想高談闊論嗎——犬養賭的就是這個可能。只要他中了這麼顯而易見的陷阱，不管是透過電話還是其他方式，都能從他本人身上獲得寶貴的情報。當然「Doctor Death」也很有可能具有信念，同時也很自制。但總比什麼都不做來得好。

「我已經設定好了，只要對方回覆就會自動進行追蹤。坐著慢慢等吧。」

土屋說完後貼心地端來一杯熱茶。

可是一直等到那杯茶都已經涼掉了，對方還是沒有回覆。

「結果沒回覆嗎？」

接獲報告的麻生失望地看著犬養。

「我本來也沒抱期待。」

犬養一回答，麻生馬上又提問。

「但還是有一點可能性，所以才會去嘗試吧？」

之前明日香也說過類似的話，看樣子明日香跟麻生對犬養的評價是一樣的。

「明明前陣子回覆的速度這麼快，前仆後繼的留言風暴終究讓他吃不消了嗎？」

「我認為不是。」

「你說什麼？」

「我感覺他在提防我們。」

「他有什麼好提防的？之前回覆時不是話很多嗎？。」

「沒錯，我認為那種人具有對外自我展示的慾望，所以只要知道自己在安全圈內，理當會接受我的提案。」

「哦，所以說那傢伙現在不在安全圈內了？」

「我不清楚，但不排除寺町身邊有某些因素產生了變化。」

犬養一面說、一面思考這項可能性。對方提供提示之後造成了什麼變化？能想到的只有小菅遭到逮捕而已。然而小菅怎麼樣都不可能是「Doctor Death」。

「只要獲得一定的成果，事後報告時上面也會睜一隻眼閉一隻眼，但如果一無所獲，那就說不過去了。」

麻生坐在椅子上，抬頭瞪著站在眼前的犬養，視線十分冰冷。這種感覺似曾相識……對了，學生時期闖禍時，坐在眼前的班導師也是用這種眼神看自己。

「我盡可能讓你自由行動，有時也容許你不帶高千穗單獨進行偵查，是因為你一定有辦法叼回獵物。如果不是這樣，我和津村課長的面子哪掛得住。」

雖然犬養頓時對麻生把自己當狗看待感到生氣，但他突然想起之前的上司也說過類似的話。

你這個人就跟你的名字一樣，在心中養了一頭獵犬。所以關鍵時刻會放你自己行動，但其他時候就必須好好拴住……

跟那麼不留情面的男人相比，麻生作為一個上司來說好上太多了。只不過看來他還是有嚴格的容忍上限。

「你有感覺到自己比平常還要失控嗎？」

「我不覺得我有失控。」

「你有。拿自己女兒當誘餌、以個人身分和犯人聯絡、借助犯人提供的線索重新調查安城的事件，每一件都打算自己一個人搞定。講難聽一點，你看起來甚至不想讓搜查本部介入。」

「我怎麼會……」

「你有辦法完全否認嗎？」

麻生的再次確認令犬養欲言又止。

「你自己知不知道原因？」

「不曉得。」

「因為你們很像。你跟寺町是同類人，所以下意識對他產生了同理心。之所以不希望他人干涉就是出於這個原因。」

「你說我跟那傢伙哪裡像了？」

「你們都屬於那種沒有走在常軌上的人。有技術，也有成績，但對組織決定的事情有所懷疑，屢次脫軌行動，認為只要能拿出結果，且符合自己的尺度就ＯＫ了。我有說錯嗎？」

犬養說不出一句反駁的話。

犬養自己也隱隱約約有察覺到自己和他很像，可是被別人指出這一點還是很挫折。

法律並不承認安樂死，然而「Doctor Death」並非是為了追求樂趣或滿足慾望才這麼做的。如果相信他的說詞，那麼他確實是隻身一人在挑戰這個國家的醫療和法律持續迴避的命題。即便被人視為死神懼怕、被人稱為黑暗醫生侮蔑，他依然絲毫不動搖，遵從委託者的意願安葬患者。雖然他是敵人，但這副面貌卻讓人不怎麼厭惡。

無論患者本人和其家屬再怎麼感恩，只要他從事的是違法行為就必須將其視為罪犯——當初犬養所抱持的信念，在與被害者家屬接觸的過程中也漸漸不再堅定。早在對方對自己產生親近感之前，自己或許就已經被他吸引了。

「這次事件的特徵啊，在於包含被害者本人在內，沒有一個人變得不幸。」

麻生毫不留情地繼續說。犬養越來越覺得這個上司也是挺惡劣的，平時看起來喜怒哀樂表露無遺，但其實下屬的一舉一動他都看在眼裡，只要一有機會就戳人痛處。

「被害者從痛苦中解脫、家屬找回安穩的生活，寺町不僅沒有遭到埋怨，甚至還受到感謝。這真的是應該受到懲罰的罪行嗎？腦袋雖然理解，心情上卻不這麼認為，所以你這次的行為才會跟以往不一樣。即使你還有追捕獵物的能力，卻沒辦法咬住對方的咽喉了。」

「你該不會要把我踢出搜查陣容吧？」

「如果你當不了一頭稱職的獵犬，我就只好讓你乖乖待在狗屋裡了。而且決定這麼做的是管理官和課長他們。」

又是個無法讓人心服的藉口。有權決定配置哪一位搜查員在哪個位置的人是課長，但提出申請的人則是班長。

我不允許你再專斷獨行了——這就是這個命令的意思。命令本身已經很讓人憤慨，被強迫留在狗屋看家又更令人火大了。

這時，有人晃進刑警辦公室，是鑑識課的土屋。

久等了。他劈頭就用這句話打招呼。

「查出寺町的ＩＰ位址了嗎？」

「很遺憾，沒有……我從那之後一直在旁邊等，但對方還是沒有回覆。」
犬養才感到洩氣，但又馬上想到，有必要特別跑一趟來報告令人遺憾的結果嗎？
「ＩＰ位址雖然沒有收穫，但我們掌握了其他有力線索。」
土屋遞出一張紙，幾筆搜查資料的右上方標了一些號碼。
看起來是某種粉末的放大照片。
「這是？」
「泥土。馬籠家的玄關、法條宅邸的後門，還有帝都大學附設醫院的護理站，我們從寺町亘輝曾出現的地方採集泥土、毛髮、灰塵……全部拿去仔細檢查之後，發現三個地方的共通點，就是都留下了同樣的泥土。」
「共通點的意思是——」
「沒錯，這種泥土很特別，只要找到有這種土質的地方，就有可能發現寺町現在居住的地方。」
「真的嗎！」
麻生出聲的同時也站了起來。
「是藻類。」
土屋略顯神氣地說。

「我們從泥土中檢驗出了微量的藻類組織。」

「可是實在很難想像長了藻類的陸地呢。」

「檢驗出來的藻類已經完全風化，我猜是長在河裡的水藻被帶到陸地，經過日曬後乾燥而成的東西。我們還用X光掃描了泥土本身的晶體結構，確認那是一種專業上稱作凝灰質黏土的土，一般包含在形成關東壤土層底部的土壤。」

「關東壤土層，又來了個這麼大範圍的東西。」

雖然麻生話中帶刺，不過土屋看起來並不在意。

「請聽我講完，這個凝灰質黏土裡面怎麼會有風化的藻類組織呢？其實我們可以從泥土顆粒大小來推測其出處。這個泥土，原本應該來自河床。」

聽了說明，犬養也明白為什麼泥土會混進藻類組織了。

「河川氾濫時將河床的土沖到岸上來了……」

「答對了，犬養先生。這種藻類叫阿氏浮絲藻，我們已經查出它大概的分布地區。這麼一來就湊齊了三個條件，第一，位於關東壤土層。第二，有阿氏浮絲藻分布的地方。第三，之前河川氾濫時河水有沖到的地方。同時滿足這三項條件的，就只有三個地方。」

土屋接著拿出三張紙，每一張都印著河川周邊的放大地圖。

「其中一個是大田區仲六鄉的多摩川河岸，再來是松戶市江戶川河岸，最後是江東區豎川河濱公園。」

麻生與明日香也擠過來，三人看著三張地圖。

「寺町亘輝就出沒於其中一個地方。考量到三處犯案現場都有留下泥土的情況，可以認為他出入河岸地區的次數十分頻繁。」

犬養下意識地和麻生互看。

就算說是河岸好了，河岸所涵蓋的範圍也不小。不過只有這三個地方的話，倒是非常有投入人力搜索的價值。

寺町亘輝肯定會出現在這三處中的某一處，警方尋尋覓覓的獵物就在那個地方徘徊。

「這樣就可以開始狩獵了。」

麻生念念有詞，伸手拿起桌上的話筒。不用問也知道，他要打給村瀨管理官。

2

「Doctor Death」寺町亘輝就出沒在三個河岸地帶的其中一處——土屋的觀點聽起來似乎很出人意表，但仔細想想，確實具有一定的可能性。假設他原本是醫生，不過因為某些原因離職或停業，現在居無定所，那麼也難怪查遍全國醫療機構的名冊也查不出個所以然來。這三個候選的地方都是遊民聚集的帳篷村，所以那傢伙目前也躲在一群遊民裡頭觀察警方的動向嗎？

搜查本部接獲這項情報後，聽說村瀨管理官沉思了好一陣子。犬養不用想也知道他在煩惱什麼，雖然請求千葉縣警支援，同時針對三個地方進行搜索，抓出每一個可疑人物的效果很確實，但萬一寺町剛好外出，警方的行動就只是慘不忍睹的白忙一場。那麼要事先暗中調查，確認寺町的人確實在那裡才前去逮人嗎？確實能期待這種方式的捕獲成功率是沒錯，但另一方面，也有在調查階段就被對方察覺的風險。畢竟對手如此老奸巨猾，只要一感覺到警方的氣息，肯定會馬上躲到其他巢穴去。

「就沒有徹頭徹尾像個流浪漢的刑警嗎？」

麻生半開玩笑地怨嘆，不過這真的是太強人所難了。

長考之後，村瀨決定折衷，同時採用暗中調查及全體搜捕的方案。

「看起來不像刑警到底是好還是不好啊。」

停在多摩川旁堤岸上的廂型車內，葛城已經做好了準備。他對於自己疑似被戲稱童顏一事小吐苦水。葛城公彥巡查部長，桐島班的年輕人，眼神十分穩重，外貌看起來無異於一名正經的上班族。

「這樣也挺好的不是嗎？既不像遊民，但更不像刑警，沒有其他人比你更適合這次的偵查行動了。」

「犬養先生，你這番話好像是在稱讚，但我一點都沒有被誇獎的感覺。」

嘟嚷了幾句，葛城換上印有NPO法人標誌的背心。犬養看了十分佩服，沒想到光是換個裝，看起來就可以這麼像是志工團體的成員。至少對一身刑警臭的犬養來說，這種事情可辦不到。

這件背心有處機關，胸前設置了一個直徑五毫米的CCD鏡頭，可以將葛城的一切所見所聞悉數傳回廂型車上的監視螢幕，在車上待命的犬養與明日香則負責從影像中找出疑似是寺町的人。雖然也可以讓葛城單獨拜訪每一個帳篷，不過最後還是決定帶上負責這一區的正牌志工。原因是看到熟悉的臉孔，遊民的戒心也會降低。

「話說犬養先生，『Doctor Death』真的就潛伏在這處帳篷村裡頭嗎？」

葛城隨口問問。

「你懷疑鑑識結果嗎？」

「倒不是啦……只是覺得人雖然有出沒，但是不是真的住在這裡也不知道，而且這種地方要保管通訊設備和醫療器材都很不方便吧。」

「電腦之類的東西充了電就可以用好幾個小時，醫療器材只要仔細包好也不會有問題。我們也可以認為這種地方正是盲點所在，不是嗎？」

「也有道理。那我差不多要出動了。」

葛城微微行禮後，便和在外頭等待的志工一同走下堤防。

「好，我們也準備開始吧。」

犬養關上車門，和明日香一同盯起螢幕。現在這個時間，江東區暨川河岸與松戶市江戶川河岸的別動隊應該也展開相同的行動了。

葛城藏在胸前的CCD鏡頭錄下了河岸上走動的人和帳篷內的模樣。這段時間的北風也讓天氣開始冷了起來，雖然有人在外頭遊蕩，但大多數人似乎都躲在帳篷內避風。

葛城小心翼翼地調整姿勢，盡可能讓攝影機拍到所有人的正面。很好，犬養不禁出聲稱讚。

「嘴上抱怨東抱怨西，做事倒是一樣仔細。難怪桐島班長不肯放人。」

明日香也表示贊同。

「真的。全日本沒有人比葛城先生更適合穿上NPO的制服了。」

犬養盯著螢幕不放，心想他本人聽到這個稱讚一定高興不起來吧。

這時兩人進入了某個帳篷。

『佐田先生，不好意思，希望你不要在帳篷裡面用火。你想嘛，萬一燒起來的話……』

這名叫佐田的男子慌張地熄掉瓦斯爐的火。

『啊啊啊——抱歉抱歉，可是我問你啊，接下來天氣只會越來越冷，連火都沒辦法用的話，我們到底該怎麼取暖咧？』

『我們可以出借毛毯。』

『嗯嗯，能拿到毛毯是很感激沒錯，不過去年武田先生就是包著毛毯凍死的呀。現在的寒冷光靠一條毛毯已經擋不住了。』

『真的冷到受不了的話，我會和附近的公民會館交涉，借你們休息一個晚上。』

『只有一個晚上哪行啊。』

『我們會盡量幫忙爭取。』

接著攝影機接近樹梢下一名正在收衣服的男子，這次換葛城出聲打招呼。

『嗨，你好。』

『你好……』

『衣服有乾透嗎？』

『有啊，今天風滿大的。你是新來的負責人嗎？』

『敝姓葛城，請多多指教。』

葛城輕輕鬆鬆就卸下男人的心防開始交談，雖然天生木訥的個性也有影響，不過這種直爽是學不來的。

『話說，我們接到了尋人的請託。』

『尋人？』

『名字不知道，但是個年齡大約六十、身高不高、頭頂部分已經禿了的男子。他的家人正在找他。』

『哦，是這樣啊。嗯……我能理解家人想找人的心情，但還是別管了吧。聚集在這裡的人淨是想逃離那些事情的傢伙。』

『或許你說的沒錯呢。』

葛城沒有進一步追問，便離開了那名男子。他抽身的方式也很到位。

葛城和NPO志工繼續交談。

『我有點意外呢。』

『你是指？』

『這裡的人身上都很乾淨，我原本想像他們應該更不修邊幅一點。』

『那是因為這邊的人大多都還沒放棄回歸社會。有些人直到上個月都還在大企業工作，卻突然被解雇，也被趕出宿舍，最後只好流落到這裡。即便如此他們也沒放棄就業的可能，所以才保持體面的樣子好隨時迎接面試機會。而且一般人想像中的那種典型遊民才沒那麼注重細節，根本不會特地拿防水布來搭帳篷。』

犬養聽了志工的話，心有同感。
同時也猜想，既然是這種社群，那麼衣裝整齊的寺町出現在這裡也沒什麼好奇怪的。
即使隔著螢幕觀看，葛城的行動也十分自然。他不經意地對遊民拋出問題，一點一滴地搜索「身高不高的地中海禿男子」。不過都問了五、六個人，還是沒看見特徵相符的身影。
「寺町是不是不在這裡啊？」
「還不知道，畢竟應該也有人是晚上才回來，而且幾乎每一個人都是讓人印象不深的男子。如果生活在這種不會過度干涉他人的集團裡，那又更不顯眼了。」
最後葛城在河岸繞了兩個小時左右後就回來了。不是因為拍完了所有人，而是要配合NPO志工的時間。
「辛苦了，畢竟排程跟平常不一樣的話，會非常惹人懷疑的。」
葛城脫下藏著攝影機的背心，有些遺憾。
「可是犬養先生，我還沒拍到所有的居民呢。」
「明天傍晚再來，第二天就不需要志工同行了。不過葛城，你認為『Doctor Death』有可能潛伏在這裡嗎？」
「看了這些居民生活的樣子，我現在覺得有可能了。只要有一點電源的話充電就不是問題，而且更重要的是大家對彼此都漠不關心，不管他要在帳篷裡面調製毒藥，還是提包包外出往診，都不會有人注意到吧。但如果他披上白袍的話又是另一回事了。」

「那樣看起來應該會像是趕來進行急救的醫師。」

三人決定先返回搜查本部。如果剩下兩個地方有發現疑似是寺町的人，所有人應該都會接到聯絡，但目前還沒有任何的消息。

別動隊也在差不多時刻結束暗中調查，三處錄下的影像各自放到刑警辦公室的幾個大螢幕上，所有人開始逐一篩選出現在畫面上的人物。可以的話，他們很想叫寺町的目擊證人過來一起確認，但實在很難強迫他們協助辦案到這種地步。

大家一個一個辨別螢幕上的人物，並過濾掉明顯不符合特徵的人，只要覺得有一點可疑，就標記時間碼，這麼一來之後就能一覽所有可能的人物。

解析監視器影像本來是鑑識科的工作，但那得是在確定對象的情況下才有辦法執行。像這次這種連肖像畫都畫不出來的人，他們也無從辨識，所以只好由第一線的搜查員自己睜大雙眼，死盯著畫面檢查。

由於人會習慣自己拍攝的影像，所以每一個班拍的影像都要交給其他班確認。

「雖然每個地方之間都有一段距離，但居民的穿著和生活模式卻沒差多少呢。」

凝視著畫面的明日香喃喃自語。他們負責確認江戶川河岸的影像，但進出畫面的遊民，身上都十分整潔，無一例外，表情看起來既不焦慮也不潦倒。

然而犬養感覺得出來，他們臉上浮現的平靜，並非出自安穩，而是一種看破紅塵的心態。人類的生命力源自於慾望，每放棄一件事情、捨棄一份希望，人的眼神就會失去一點光芒。他們也隱約知道，無論自己穿得再乾淨以準備面試，真的接到面試機會的可能性也是微乎其微。

回想起寺町亘輝的目擊證詞，全都是「不起眼」或「感覺不到生氣」的印象，就好像幽靈一樣。如果徘徊在一群失去希望的人之間，也難怪不會有人注意到。

想到這裡，犬養頓時理解了一件事情。「Doctor Death」這名醫生，同樣是遊走於家屬的深沉絕望與患者的渺茫希望之間的存在。那副模樣，和寺町躲在遊民之中的姿態模糊地重疊了。

確認工作開始後大約過了一個小時，一直盯著畫面看的明日香突然輕輕地「啊」了一聲。

「怎麼了？」

明日香指出畫面中的一處給嗅出異狀的犬養等人看。

「這裡……」

靜止畫面的中央，一名眼神陰詐的老人正面盯著螢幕。然而明日香指的是畫面的左邊角落，那裡正巧拍到一個微微駝背的男子走過。

是一名身高不高，頂上無毛的男人。

「這個男的怎麼了？」

接著不光是犬養，其他搜查員也都湊了過來。

眼神黯淡，嘴唇也很薄，不過這些特徵也是因為一直盯著靜止畫面看才產生的感想，乍看之下沒什麼記憶點，因為他的頭頂給人的印象太強烈了。

「你說怎麼了……嗯，和目擊證詞的條件一致。」

「確實長得很可疑呢。」

「如果讓他提著醫生包的話看起來會怎麼樣呢？」

每個搜查員都開始抒發自己的感想，不過沒有任何人持否定態度。

犬養也有相同的感覺，雖然無法具體說出哪裡怎麼樣，但他腦海中勾勒的「Doctor Death」形象和這個男人的模樣對起來了。

「記下這個畫面，之後再請鑑識課放大。」

確認完三支影片後，並沒有發現比那個男人更可疑的對象。明日香帶著那段影像跑去鑑識課，順利的話應該不出一個小時，她就會帶著放大的清晰畫面回來。之後只要拿那張畫面給「Doctor Death」的目擊證人看，進行驗證就好。

終於看到一絲曙光了。

線索來得比想像中還快，令犬養突然放鬆下來。他闔上雙眼，揉了揉疲勞的眼睛，整個人靠坐在椅子上。

他突然想起自己的電腦還放在鑑識課的房間，於是決定到鑑識課走一遭，順便問候一下幫忙解析畫面的土屋。

晃進鑑識課時，土屋正好在解析畫面，不方便開口打擾。於是犬養打開了自己的電腦，發現信件提示燈號是亮的。

該不會——

他急急忙忙打開信箱，視線釘在上頭顯示的一行文字上。

『忘了問你一件事。沙耶香小姐真的一次都沒想過要安樂死嗎？』

心臟差點跳了出來。

是那傢伙。

犬養抱著電腦衝出鑑識課的辦公室。

「Doctor Death」又盯上沙耶香了……

麻生聽聞報告後臉色驟變。

「為什麼現在又……」

「不曉得，但恐怕有牽制我們行動的意思。」

「如果不是牽制，而是一顆直球怎麼辦？」

麻生的反駁令犬養無言以對。

畜生。麻生痛罵一聲後坐回椅子上。

「假設是牽制好了，那就另一方面來說也是個問題。這可能代表他知道搜查本部找到自己附近來了。」

麻生盯著印出來的照片，是那個不明男子的全身照，剛剛才印好送過來。搜查本部一致認定這個人就是「Doctor Death」。

「就算他察覺到刑警的動靜，也不清楚他知不知道自己已經被人拍到了……這傢伙的解析搞定沒？」

明日香趕緊遞出照片。不僅放大了男人的臉部，連細節都解析得十分清晰。現在再看一次，犬養覺得他那毫無表情的臉孔更顯陰森。

「馬上讓目擊證人看看這張照片，然後到江戶川河岸蒐集確證。還有，派幾個護衛到帝都大學附設醫院去。」

麻生下達指示後，搜查員便一齊解散。空氣中瀰漫著一股事件即將落幕時特有的緊張感。

留下的犬養要明日香在原地等著，自己則走向麻生。雖然他很感謝上司的好意，但身為一名搜查員，他有件事情不得不說。

「士兵不夠。」

「什麼鬼？」

「動員士兵前往河岸，同時又要到帝都大學附設醫院進行護衛，我們的人手不夠用。」

「真的不行的話，我會解除雛森惠美的監視令。如果確定這個男的就是寺町，那監視惠美也沒有意義了。而且假如寺町得知警方已經不再監視惠美，他行動起來應該也比較方便。」

「可是……」

「我告訴你，我們不是因為沙耶香是你的女兒才特別派人守著，只是有義務保護曾經被盯上的一般市民，少往自己臉上貼金。」

既然被否定成這樣，犬養也沒什麼好說的了。他默默垂下頭。

「終於進入尾聲了。」

麻生自言自語。

「什麼『Doctor Death』，在那邊吹牛皮，我要讓全天下人知道你做的事情就只是單純的殺人作樂。」

隔天，犬養和明日香立刻前往馬籠大地的親戚家。由於母親小枝子因為加工自殺的罪嫌而被收監於看守所，孤零零的大地便由母親這邊的姊姊夫婦代為照顧。

「我們掌握了疑似是『Doctor Death』的照片，能不能幫我們確認一下？」

犬養開口，但不知道為什麼大地的眼神十分害怕。

「喂，怎麼啦？」

犬養伸手，但大地馬上縮了一下。這反應宛如一隻被拋棄的幼貓。

「……犬養先生。」

明日香拉了拉犬養的袖口，犬養才終於察覺。

大地的證詞害小枝子遭到逮捕，換句話說等於是他出賣了自己的母親，也難怪大地會如此自責。八歲的孩子怎麼有辦法理解安樂死的對錯和法律解釋呢？

我對待小孩的方式又不好了嗎……抱著不知道是第幾次後悔的心情，犬養依舊狼狽地試圖抓住大地，然而男孩將手抽開。

「這個人可能就是殺了你爸爸的兇手，你看一下。」

犬養準備了三張照片，一張是在河岸拍的照片，剩下兩張則一樣是禿頭男子的照片，但都是其他人。為了避免指認者產生先入為主的想法和誘導所造成的誤認情況，透過照片指認時必須提供多張照片。

就算將照片推向大地，他也始終不看一眼，最後終於躲到了房間的角落。

犬養認為為數不多的目擊者中，大地的證詞最值得相信。如果現在無法從大地口中獲得證詞，恐怕會大幅增加舉發寺町的難度。

當犬養伸手欲搭上那小小的肩膀時，大地發出了顫抖的聲音。

「我不想、再這樣了。」

伸出的手停在半空中。

他的背影明確地拒絕了犬養。

都到緊要關頭了……就在犬養開始想痛罵自己一頓時，身旁伸來了另一隻手。

是明日香。

「大地小弟。」

一旁的犬養聽到她的語調備感意外，那毫無疑問是出自一名母親的聲音。明日香的手一碰到大地的肩膀便整個人向他靠近，動作十分流暢，接著自然地環住他小小的腦袋瓜。

「對不起喔，警察都沒有想過你的心情，他們就跟這個叔叔一樣，滿腦子只想抓住害死你爸爸的犯人。明明在知道所有的事情經過時，應該要馬上關心你才對……真的很對不起。」

大地惶惶不安地看向明日香。

「問你喔，你現在最想要什麼？」

「……我想要你們，趕快把媽媽還給我。」

「現在我們有事情要問你媽媽，可能沒辦法，但我想之後律師會爭取一種叫保釋的東西。如果保釋申請通過，你媽媽就可以回來了，雖然是只是暫時的。」

「真的？」

「嗯。可是啊，如果我們抓不到害死爸爸的兇手，媽媽的保釋申請可能就很難通過了。」

「為什麼？」

「因為如果抓到真正的兇手，警方就會認為你媽媽沒有必要再隱瞞什麼事情了，所以才可以讓她回家。」

多虧了明日香淺顯易懂的說明，大地似乎也以自己的方式大略理解了保釋的定義。

「你願意幫我們抓兇手嗎？」

「……嗯。」

「可是不可以亂回答喔，如果覺得不對就誠實說不對，不然會害其他人遭殃的。」

「知道了。」

明日香從犬養手上接過照片，拿到大地眼前。

「怎麼樣？」

在明日香與犬養的注視下，凝視著照片的大地，臉上突然閃過一陣光芒。

「是這個人。」

大地毫不猶豫地指出了河岸的那名男子。

「就是這個人，和護理師一起來的人。絕對不會錯。」

怎麼看都不像是在說謊。

「謝謝你，大地小弟。我們絕對不讓你的協助白費的。」

離開屋子後，犬養又驚又佩服地開口。

「剛才真令我吃驚，你從哪裡學會這種伎倆的？」

「這種東西不是靠學來的。」

明日香的聲音聽起來冷若冰霜。

「是天生的。」

如果是這樣，那對我來說可是個大難題，犬養不禁感到沮喪。實在沒想到，不合格丈夫、不合格父親的烙印居然這麼難以擺脫。

犬養與明日香在那之後前往東京看守所，與馬籠小枝子及法條英輔會面。目的自然是要確認照片裡的男子是不是「Doctor Death」。

雖然小枝子始終沒什麼自信，但英輔倒是馬上有所反應。

「哦，對對，就是這個人沒錯。」

英輔坐在接見室的壓克力板另一側，欣喜地指認。

「雖然我沒有正面看過，但這的確是他沒錯。哎呀，這下子總算是舒服多了。」

「什麼東西舒服多了？」

「也可以說是有種雲開霧散的感覺。雖然我是聽從老爹的遺言，但畢竟演變成這種事態了，我也希望把能告訴你們的事情全都講出來，可是最關鍵的『Doctor Death』的臉卻怎麼樣都想不起來，實在沒面子。」

「感謝你的協助。」

「不客氣。不過上法庭的時候，醫生會和我一同出庭嗎？」

「可能會。你有什麼怨言想對『Doctor Death』說的嗎？」

「不，畢竟委託安樂死的人是我，事到如今也沒什麼好抱怨的。」

英輔看起來神清氣爽，說起話來也十分平靜。

「只是有機會的話，很想問問他對於生死的看法。我是因為不忍心看老爹再痛苦下去才採取那種方式，不過平時就以安樂死為生的醫生，究竟是依據什麼倫理來約束自己，對於醫療和刑罰之間的灰色地帶又有什麼看法，這些我都很想好好聽他說說。」

「聽了可能會讓你倒胃口也說不定呢。特殊的主義主張，往往都跟劇毒沒兩樣。」

「財經界裡也不少狼猛蜂毒的人，不說別人，老爹就是了。而且就經驗法則來說，無論毒性再強的主義主張，也必定存在著一點真理。所以即便是惡言詈辭，依然會勾起聆聽者的興趣。」

英輔這番話刮傷了犬養的內心。

接著犬養和明日香造訪岸田聰子的家，原本早做好對方不歡迎警察再度上門的心理準備，不過意外地並沒有從她身上感覺到任何拒絕的意思。

「請你確認一下。」

犬養拿出照片，聰子在接過照片前就微微垂下了頭。

「正好，我也準備要到警察局。」

「為什麼？」

「我想自首。」

犬養定睛審視聰子。她兒子的遺體已經火化，就算起訴也不知道能打多久。她之前應該就是料到這一點才坦承一切的。

「繼續瞞下去實在太痛苦了。不過我當然不後悔讓那孩子就那麼安息。」

我不是不能體會你的心情——犬養不必說出口，心裡就已經毫無抵抗地接受了聰子的話。

「之前也說過，就算你有犯罪，恐怕也很難讓你受罰。明明不會受到懲罰，又為什麼要認罪呢？」

「我想要替自己犯下的罪做個了斷。就算再怎麼為孩子著想，我卻對自己奪走他性命的事實三緘其口，隱瞞自己的罪行，這麼一來根本沒臉去見正人。我希望未來我們母子在天堂重逢時，自己能夠抬頭挺胸地面對他。」

這番話也不難理解，然而犬養想不到該說些什麼回應。如果可以的話，頂多就是負責偵訊她，盡量做出一份提升她正面形象的筆錄而已。

犬養突然被一陣無力感侵襲。明日香在背後推他一把時也一樣，他對於自己的力量如此微薄感到驚愕。無論是身為一名父親，還是身為一名刑警，為什麼自己有辦法發揮的能力會這麼沒用呢？

「屆時，我們會盡量考量到你們的狀況。」

他最多只說得出這種話了。

「你們說要確認照片對吧？」

聽子回神般地看向照片。

她左看看右看看，接著輕輕點了點頭後將照片還給犬養。

「雖然沒辦法斷定，可是一看就覺得，啊，是這個人。」

聽子指的一樣是河岸的那名男子。

「沒有辦法百分之百確定是嗎？」

「不好意思，因為一開始對他的印象就不是很深……可是他頭部的特徵還有整個人陰沉的氛圍都和印象中的一樣，所以我想應該就是這個人沒錯。」

四名目擊者中有三個人都指認同一個人是「Doctor Death」，令這條線索的可信度大幅提升。

最後兩人前往雛森惠美位於町田的住家，與玄關附近站崗的制服警官以眼神示意後，按下了門鈴。他們報上名號，門馬上就打開了。

「我們來請你繼續協助我們辦案。」

「請進。」

這麼說來，犬養還是第一次親眼見識到惠美的房間。格局看起來為兩房一廳一廚房，這個大小雖然適合一個人住，但就一名女性來說，房間內實在太冷清了。家具只有最低限度的幾個，彩色組合櫃上則是滿滿的醫學專業書籍還有極少數的自我啟發類書籍。唯一算是娛樂用途的家具就只有角落那台十四吋薄型電視，據本人說她並沒有電腦和平板之類的電子產品。

「我這個人性情不定，經常搬家，所以東西多的話很麻煩的。」

說好聽一點是重視實用性，但就是一間感覺不到任何生活情調的房間。

「今天想請你協助我們指認寺町亘輝。」

犬養照例拿出三張照片，惠美毫不遲疑地指著河岸的那名男子。

「哦，是寺町醫師。哇，真沒想到你們會有這種照片，這是在哪裡拍的？」

「確定這個人就是寺町亘輝嗎？」

「對，雖然要我幫忙畫肖像畫，我可能畫不出東西，但如果要從這三個人之中選出來的話就簡單多了。沒錯吧？真的是一點特徵都沒有的長相對不對？」

犬養順勢點了點頭。雖然畫面的一角拍到了寺町，但他實在太不顯眼，所以當時除了明日香之外，其他搜查員全都沒有發現。

總之，連一同前往殺人現場的惠美也作了證，幾乎可以確定出現在河岸的那名男子就是寺町了。

「不過這到底是在哪裡拍的？我也不知道醫生住在哪裡，所以滿好奇的。」

「不管他住在哪裡，遲早都會搬進看守所。」

「……醫生的罪很重嗎？」

惠美保守地問。

「委託安樂死的家屬，看起來都很滿足，患者也是，沒有任何人憎恨醫生。即使是這樣，醫生還是會被定罪嗎？」

「我們的責任只有逮捕犯法的人，定不定罪是法院的工作。」

「我好歹也算一名護理師，所以知道東海大學那起安樂死事件。我記得最後判決是徒刑兩年，緩刑兩年沒錯吧？」

「那起事件還牽扯到實際下手的是主治醫師這個事實，但『Doctor Death』的情況則是將安樂死視為工作，而且一件案子還收二十萬的報酬，檢察官肯定會以殺人罪起訴，法院應該也會嚴」。儘管安樂死合法化是世界的趨勢，但對這個國家來說，時機尚未成熟，應該說我們跟歐的生死觀念本來就不一樣。這雖然是我個人的意見，但即使寺町亘輝在最後陳述時主張安樂死的正當性，也只會被視為垂死掙扎吧。」

「不能考量到患者本人與家屬的情感嗎？」

「你想包庇寺町嗎？」

「也不是包庇不包庇的問題……可能是因為我不知道內情，但在我眼裡，接受醫生處置的患者和在一旁守候的家屬，臉上的表情都很柔和。」

「我認為比起感情，問題的重點應該擺在本人是否明確表達了求死的意思。反正只要他實際站上被告的立場，受到正式的裁決就知道了。話又說回來，之後他還有聯絡你嗎？」

惠美無力地搖搖頭。她的手機曾暫時被鑑識課收去徹底解析寺町的號碼，但還是沒能找出訊號源，於是警方便以監聽所有通話內容為條件，將手機還給了惠美。

「如果他打電話叫我出去的話你們應該也會知道，就算是寄信，在玄關監視的警察也都盯著信箱。」

「你覺得他正在警戒我們嗎？」

「沒有，以前也出現過三個星期以上都沒接到工作的情況。所以就算沒有聯絡，我也不覺得有什麼好奇怪的。」

恐怕這一兩天就會正式進行逮捕行動，那麼寺町就再也沒機會聯絡惠美了。

「我們逮捕到寺町後會再度來向你問話，開庭後應該也會以證人身分傳喚你出庭，到了那個時候，你還是會護著他嗎？」

「……只有到那個時候才會知道。」

惠美低著頭回答，犬養心想，這應該是她的真心話。

3

透過監視現場的搜查員報告，寺町於江戶川河岸的行動模式更加清楚了。

在村瀨管理官宣稱是「本案最後一次搜查會議」的席位上，所有搜查員都難掩緊張的神色。面對事件結尾時獨有的那股嚴肅感，讓所有人都繃緊了神經。

「關於嫌犯寺町亘輝，報告一下目前已釐清的事實，」

葛城被點名後站了起來。這個男人應該也會緊張，不過那副一絲不苟的平淡口吻還是一如往常。

「寺町住的帳篷，真的就只是拿來睡覺而已。他會在帳篷待到早上九點左右，接著便會到最近圖書館或書店泡著。也有其他遊民會採取類似的行動，據說是因為那些地方不僅冷暖氣設備完善，加上待再久都不會有問題。午餐時他會先離開建築物，到外面拿出囤積的麵包或飯糰解決一餐，然後再進到建築物內。下午四點就回到河岸邊的堤防上晃來晃去……像是在散步一樣，總之回到帳篷是六點過後的事情了。接著一直到隔天早上九點之前都窩在裡面，偶爾出來也只是為了上廁所。」

「跟一般的遊民沒什麼差嘛。要說奇怪的地方大概就是沒有工作時間了，可是只要有安樂死的報酬應該活得下去。他這兩天的行動模式都一模一樣嗎？」

「是。簡直像按表操課一樣，兩天都重複著相同的循環。」

也就是說沒什麼事的話，寺町從傍晚六點到隔天早上九點都會待在帳篷中，這對逮捕行動來說是最重要的一項資訊。

「接下來，他的生活型態。」

生活型態，指的是帳篷內的狀態。聽說一名搜查員趁著寺町外出，在帳篷的縫隙裡安插CCD攝影機，錄下了裡面的模樣。

起身的是一名分署的搜查員。

「我認為在說明之前先看過影片會比較清楚。」

搜查員一指示，前方的大螢幕上便跳出了影像。雖然四個角落的影像扭曲，但帳篷裡的樣子依舊拍得鉅細靡遺。

裡頭囤有杯麵和礦泉水等食品，還有小桌子、鍋子等生活用品以及衣服，唯一的照明設備是一盞提燈。裡頭每樣東西都不太乾淨，一看就知道不是最近買的，乍看之下根本就是一般遊民會住的地方。

「如各位所見，根本就看不到任何醫療器具，連皮包也沒有。即使有看到衣服，卻沒發現家屬目擊到的那一套。」

照片中的寺町穿著十分破舊的襯衫，還有膝蓋處泛白的牛仔褲，實在很難想像他就用這副打扮拜訪患者。

「有一種可能，距離該河岸處一公里外有一處租賃置物櫃，寺町搞不好就將工作用的衣服和醫療器材藏在那裡。」

村瀨表示認同。

「如果穿著工作的衣服、提著醫生包走出帳篷的話，周遭也會起疑，甚至可能會有人想偷他的東西，所以為了以防萬一而使用置物櫃的假設很有說服力。只是這終究不離臆測的範圍，我們無法一個個打開置物櫃檢查，只能直接逮捕本人後再確定到底是哪一櫃了。」

「另外還有一件事情要報告，聽說那些遊民都稱嫌犯為『阿寺兄』。」

一種近乎嘆息的聲音出現在搜查員之間。「阿寺兄」的稱呼想必是出自寺町的寺吧。

「據說『阿寺兄』大約在一年前開始住在河岸，基本上都是獨來獨往，沒有什麼特別親近的友人。那邊的流浪漢沒一個人知道嫌犯的真名和之前的職業。」

就犬養的經驗來說，流浪漢分成喜歡說話跟不喜歡說話兩種類型，這兩種都是寂寞的表現，看來寺町這個男人屬於後者。如果他是在不為人知的情況下幹安樂死的勾當，自然不會太多話。

「再來，目擊證詞確認得怎麼樣了？」

犬養起立，不過比起報告新事項，他要說的比較偏向原有情報的再確認。

「我們將鑑識課解析出來的人物照片拿給目擊證人指認。證人包含馬籠健一的妻子小枝子和兒子大地，還有與小枝子同樣收監於看守所的法條英輔，以及過去曾經委託過安樂死的岸田聰子、一直跟著嫌犯行動的雛森惠美等五名，其中有四名都表示照片上的男子就是『Doctor Death』。」

「五分之四，八成嗎。可信度很高呢。這麼一來河岸邊的男人、寺町亘輝、『Doctor Death』這三個人物就疊合在一起了。」

村瀨點頭表示認同，下面持同樣想法的搜查員也都點了點頭。

「現在來說明逮捕行動的概要。」

接著出現在螢幕上的是河床空拍圖，在一片藍色帳篷之中，只有一頂特別用紅色標了出來，那就是寺町的帳篷。

「各位可以看到，寺町的帳篷位於河堤前方，也就是說後面緊靠著堤防，容易包圍。雖然不至於以作戰來稱呼這次行動，但總之我們要趁寺町入睡後進行全方位包圍。當然堤防上也會配置人員，必須緊密到連一隻螞蟻都鑽不出去。今晚十一點正式行動，有問題嗎？」

會議室突然鴉雀無聲。說明簡潔明瞭，完全沒有任何質疑的餘地。

「這個『Doctor Death』好一陣子以來把搜查本部和搜查員耍得團團轉，但此刻我們終於準備將他繩之以法。這個惡人，透過偏執的主張與扭曲的倫理驚動社會，動搖法治國家的根柢，至今奪走了比已知案例還要多條的人命。」

村瀨說得鏗鏘有力，這是迎接結局前的喊話。

「我們無法定論爾後安樂死會獲得認可到什麼樣的地步，然而寺町亘輝收取酬勞、毒殺患者的行為，不過是單純的殺戮，和醫療倫理、生死觀念一點關係也沒有。我們要抓的，就只是這種以殺人為業的邪門歪道。我再說一次，逮捕寺町亘輝，方能匡正社會秩序且落實社會正義，絕不容許失敗。各位務必提高警覺，慎重行動。以上，解散。」

松戶市江戶川河岸，晚間十點五十分。

從堤防上俯瞰帳篷村，原本透出光線的帳篷大半都熄了燈，或許是為了省電。這天恰好碰上新月，沒有月光，是最適合摸黑行動的一晚。

「一點聲響也沒有呢。」

犬養身旁的麻生低語。

「我還以為他們一到晚上就會飲酒作樂……不過沒酒好喝又沒電視好看的話，也只能睡覺了吧。寺町已經睡了嗎？」

「他鑽進帳篷後就一直沒有動靜了。」

犬養壓低聲音報告。最後的行動不出所料是由麻生負責指揮現場，這種場面下負全責的壓力肯定超乎想像，犬養十分佩服他毫無怨言。

「人員配置完畢了嗎？」

為了徹底包圍目標帳篷四周，搜查本部動員了整整四十名搜查員。一個方位十個人，必須徹底斷絕逃生路線，確實逮捕。村瀨構思的劇本裡雖然不存在任何漏洞，但犬養決定再次於腦中模擬一遍狀況。

現場的搜查員已經確認寺町鑽進了帳篷，之後帳篷四周都有人在監視，但沒人看到寺町踏出帳篷外一步。除非帳篷內有地洞，但這種宛如忍者的行徑再怎麼說都太天馬行空了。

事先也已經計算到對方衝出帳篷，趁著夜色突圍的可能，所以警方還備了三具照明燈，河岸上兩具、堤防上一具。只要一聲令下，三具燈便會一齊打開，把帳篷周圍照得無所遁形，所以理論上不可能出現死角。

然而，犬養心裡仍有一抹擦不去的不安。

「總覺得，事情進展得太順利了。」

聽到犬養咕噥，麻生皺起了眉頭。

「因為明明是個有辦法算計犬養隼人的高智商罪犯，卻這麼簡單就要被我們逮捕了的關係嗎？」

雖然麻生酸勁十足，不過犬養也聽出了他話中的狐疑。

「正因為是高智商罪犯，才會深信自己永遠都處在安全的地方。越相信自己，戒心也就越低。事實上從我們開始暗中調查河岸至今，當事人也沒有表現出什麼可疑的舉動不是嗎？」

這一點更讓人不自在，簡直像是完全掌握了我方行動後還假裝沒注意到一樣。

難不成只是犬養自己警戒過頭了嗎？

「慎重不是壞事，畢竟辦案時最危險的就是逮捕犯人的前一刻，但不需要杞人憂天，否則到了關鍵時刻，行動會變遲鈍的。」

這他當然也知道。

然而那股不對勁的感覺始終黏在犬養的背上，揮之不去。

我是不是忽略了什麼？

我是不是忘了什麼？

「時間到，行動。」

麻生透過耳機下達指令，待命的搜查員群起接近，兩台照明燈也緩緩往河床上移動。盡可能不發出聲響、不讓任何帳篷裡面的人察覺——由於帶頭的幾個人配戴了夜視鏡，所以即使在黑暗中也能行動自如，而犬養也是其中一人。當然，夜視鏡必須在照明燈打開時脫下來。

所幸河床不是小石子組成，而是滿滿的泥土與雜草，所以即便靠近帳篷也不至於發出什麼聲響。保險起見換上的膠底鞋著實派上了用場。

不過夜視鏡的視野再怎麼恭維都算不上良好。是比全黑好沒錯，但少了色彩的世界，連帶著也喪失了距離感。

犬養突然憶起國中海邊戶外教學時參加的試膽大會。憑藉著昏暗的燈光，警戒著不知道會從哪裡蹦出來的東西，戰戰兢兢地前進。恐怖如影隨形，催生愉悅。犬養知道這麼輕浮實在不應該，但他心中確實有一部分挺享受這種情況。

『有任何狀況立即回報。』

耳機裡傳來麻生的聲音。

『難保對方不會設下陷阱，多注意自己腳邊。』

雖然潛入敵營與殲滅是SAT（特殊急襲部隊）的拿手好戲，但現在既沒確認對方擁有武器，也無擄獲人質，所以無法向警備部申請支援，只能靠一課自己臨時組織行動。對於這種不習慣的工作，麻生變得異常敏感。

眼前的帳篷群越來越靠近，回頭一看，兩具照明燈已經在岸邊設置完成。終於到了這一刻。

寺町的帳篷外型有些歪七扭八，十分好認，那奇怪的形狀早已深深烙印在每個搜查員的腦海。他們略過其他帳篷，抵達目標帳篷，整個過程不超過五分鐘。

領頭的是犬養。他在帳篷入口附近待命，其他搜查員也逐次抵達。

『全員就定位了嗎？』

沒有任何搜查員遲到，時機已然成熟。

『犬養、突擊。照明、點燈。』

命令一來，犬養脫下夜視鏡，同時照明燈自三個方向投來眩目的光輝。眼前景象瞬間清晰得宛如白晝。

犬養眨了一兩次眼睛，直接衝進帳篷，一股刺鼻的惡臭襲來，推測是廚餘的餿味。外頭的燈光穿入帳篷，將內部照得明亮，接近正中央處有一個隆起成人形的睡袋，禿頭男子的臉就露在外面。

犬養拿出手電筒照了照男子的臉，和照片上的男子毫無二致。

其他搜查員也魚貫而入，包圍了睡袋中的男子。這麼一來他便無處可逃了。

他整個人裝在睡袋裡，手腳無法自由活動，這對警方來說再方便不過。犬養蹲下來，拍了拍男子的臉。

「起床。」

「嗯……？」

男子眨了眨眼，好像覺得很刺眼。他環顧四周，終於發現情況不太對勁。

「你、你們幹嘛啊？」

「老實回答，你是寺町亘輝沒錯吧？」

「是沒錯啦……」

「我們是警察，現在要以殺人罪嫌將你逮捕。」

晚間十一點十二分，警方逮捕了寺町。

之後的過程輕鬆得不可思議，警方制伏包在睡袋中扭動身子抵抗的寺町，好幾個人一起將他抬上護送車。

過程中雖然吵醒了其他帳篷內的居民，但似乎沒有人理解到底發生了什麼事，所以並沒有造成太大的騷動。

寺町的護送車從現場直接開往搜查本部，抵達時已經是凌晨十二點三十分。

就這樣，以「Doctor Death」之名在醫療的陰影下恣意妄為的寺町亘輝，如今終於被搜查本部逮捕到案。

由於寺町一直到被逮捕的前一刻都還在睡覺，所以儘管時間已是深夜，警方還是開始進行偵訊。

上頭指定犬養負責偵訊，恐怕是麻生安排好，要讓他報女兒的一箭之仇吧。這可是夢寐以求的機會，犬養也有一狗票事情想自寺町口中問出。

明日香擔任記錄，隨犬養一起進入偵訊室。

折疊椅上的寺町看起來如坐針氈，屁股一直動來動去，眼神飄移不定，絲毫不直視犬養。

雖然他跟犬養心中勾勒的人物形象有段差距，但還是不容大意，犬養至今也看過不少假裝自己是膽小鬼的壞蛋。

「終於能面對面跟你說話了。」

雖然他正面盯著寺町，對方卻連看都不看他一眼。

「現在你躲不了也逃不掉，差不多該乖乖配合我們偵訊了吧?·堂堂一個戲弄警察的『Doctor Death』，不覺得這樣很難看嗎?·」

寺町似乎終於下定了決心，緩緩轉向正面。

「先報上姓名與年齡。」

「寺町亘輝，七十二歲。」
「戶籍。」
「磐田市國府台九番地三之一四。」
「現在住址。」
「……你們都闖進來了不是嗎？如果那也算住址的話，那我的住址就是江戶川河岸。」
「職業。」
「你看不出來嗎？我是無業遊民。」
「為什麼要做那種事？你的鬼話我們已經聽飽了，相信你也知道自己做的事情是違法的。」
「我知道違法，但起碼這麼做有足夠的錢可以拿，還可以幫助他人，沒有人會因此變得不幸，夫復何求？」
「保險起見跟你確認一下，你有醫師執照嗎？」
「哈，我怎麼可能會有那種東西。」
沒想到居然是無照醫師……犬養心中的怒火又添了個新的原因。
「沒有證照還敢從事醫療行為，膽子可真不小。」
「說是醫療行為，其實也沒什麼大不了的。只要習慣，外行人也辦得到。而且坦白說，那種事情根本算不上什麼醫療行為。」

沒錯，你所做的不過是單純的殺人。

「說得振振有詞，到頭來也只是為了錢啊。」

「那還用說，只要提個包包，裝裝醫生的樣子就有錢拿，比成天撿空罐回收輕鬆多了。實際收入又好，雖然知道違法，但我絕對不會罷手的。」

「為了區區二十萬，虧你會想幹這種差事。」

「二十萬？喂，不對喔，我拿的份少太多了。」

原來如此，二十萬之中有六萬用來支付惠美的報酬。如果算進藥品的購買成本，確實不是什麼能賺大錢的生意。

問著問著，犬養越來越義憤填膺。

犬養心想，自己一直以來都在畏懼如此低劣的罪犯嗎？那我犬養隼人可真是天字第一號大白癡，簡直像個把枯芒誤認成幽靈的冒失鬼。

「但你依然是拿人命去換那點小錢，真是越來越令人不齒了。」

「我不知道你說拿人命換錢是怎麼一回事，但我這個人的確是令人不齒。可是真要這麼說，我也有我的理由。這個國家對我們這種老骨頭太冷淡了，一旦過了退休年齡就扔一旁不管，之後也因為上了年紀的緣故，根本找不到什麼正經的工作。碰到看起來時薪不錯的工作，結果卻是粗工，六、七十歲的高齡者哪做得來？就算真的甘願領低薪度日，一旦雇主雇用了外國人，馬上就趕我們回家吃自己。有那麼好康的工作，任誰都搶著要做的。」

「就算是違法行為？」

「在公園搭帳篷露宿時就已經犯法了吧？你說現在再去守法又有個屁用？」

「少在那邊鬼扯，你幹的好事毫無疑問是殺人。」

「殺人？」

「我不管什麼個人意志的自主選擇權還是什麼安樂死，那都是噱頭。我不會用受囑託殺人，而是依刑法第一九九條的殺人罪來辦你。」

「等、等一下，什麼殺人啊？」

「事到如今還想裝蒜！目前已經查明你至少下毒殺害了三名患者，岸田正人、馬籠健一、法條正宗……」

寺町的表情開始顯露不安。

「不、不是，一定是哪裡搞錯了。我只是一個跟班而已，怎麼會鬧到殺人這麼嚴重的事情上？你、你們打算冤枉我嗎？別開玩笑了！」

這次換犬養心生動搖。

「喂，你說什麼啊你？你自稱『Doctor Death』，替好幾名重症患者施打氯化鉀製劑，導致他們死亡。不光是這樣，你還正當化自己的行為，架設了一個網站招攬客人，難道不是嗎？」

「這不關我的事！」

寺町尖聲回答。

「雖然那個女人指示我要穿成醫生的樣子，但負責開車到客人家還有打針都是她幹的，我只是站在一旁看而已。」

「你說什麼？」

「她當初拜託我的時候是說，有些人的家人因為癌症末期或其他病痛成天喊苦，雖然可以用含有醫療用大麻的止痛藥緩解，但如果走正規醫療管道就得花很多錢，所以即使自己只是護理師，還是瞞著醫院偷偷替患者進行治療。只不過護理師單獨往診的話可能會讓家屬與患者不安，所以問我能不能在她打點滴的時候假裝是醫生陪在旁邊……」

犬養宛如被雷劈到，從椅子上彈了起來。

糟了。

這就是不對勁感的真相嗎。

他手忙腳亂地把圍在偵訊室外的其他搜查員拉進偵訊室。

「我馬上回來，在那之前你先代替我一下。」

犬養將明日香跟寺町都推給了那名搜查員，自己拔腿穿過走廊，同時拿出手機連絡麻生。

『怎樣？』

「班長，請你馬上連絡監視雛森惠美的同仁逮捕她，她才是『Doctor Death』，寺町只是代罪羔羊。」

結果電話的另一頭傳來了麻生的呻吟聲。

「可能遲了一步。我從不久前就一直試著連絡，但是都沒有回應，所以才剛派了町田署的人過去。」

被擺了一道……

犬養握著手機的手無力地垂下來。

仔細回想每一份證詞，確實沒有任何一個人親眼看到寺町動手治療的畫面。雛森惠美狡詐地隱身於黑暗之中，成功讓所有人深信那名寒酸的男子才是「Doctor Death」。

再加上那個時候她之所以表現得很像要再次襲擊沙耶香，也是為了弱化自己身邊的包圍網，然後看準戒備鬆懈的時機逃亡。

犬養突然想起惠美提過的問題。

「沒有任何人憎恨醫生。即使是這樣，醫生還是會被定罪嗎？」

那是「Doctor Death」親口對犬養拋擲的疑問。

混帳東西。

犬養痛罵著自己，趕往刑警辦公室。

之後當町田署的搜查員趕到現場時，發現負責監視惠美的刑警昏倒在她的房間內，看樣子是被趁虛而入，背後挨了一針，即使小命還在，但意識暫時還沒有恢復，至於惠美的去向自然成了謎。町田署開始緊急在市內各主要道路設置臨檢站，然而發覺惠美逃亡後已經過了二十四小時，還是沒能獲得有力的線索。寺町後續的證詞如下。

「我在河床晃來晃去時，那個女的突然來跟我搭話，問我要不要打一份只需要假扮醫生跟著她就能領錢的工，一次六萬圓，我二話不說就答應了。工作內容真的很輕鬆，她給了我一支預付卡手機，只要接到聯絡就前往指定的地點，那個女的會拿比較正式的服裝給我換，有時也會穿到白袍，開車也都是她在開。我只有兩件事情要遵守，一件是除了跟患者與家屬打招呼外，不要說多餘的話。肯定是怕太多嘴的話，我是假醫生的事情會穿幫吧。另外一件就是守口如瓶，只要對外洩漏任何一點事情，契約就到此結束，所以我一直都沒打破約定。但請你們相信我，警察先生，那女的打完針後，所有患者的表情都變得很安詳，所以我一直都相信她打的是止痛藥。早知道那是毒藥，哪個白癡會為了六萬圓這點小錢接那麼危險的工作？不對，不管給再多錢我都不會答應的。」

警方再次搜索惠美的房間，但並沒有找到任何新的證據，別說是電腦設備，就連根針筒之類的醫療器材也沒發現。

關於這點，犬養也有一個充滿假設性的想法，那就是惠美可能有兩個住的地方。一個是只用來睡覺的町田公寓，而另一個則是以「Doctor Death」身分承接工作、發送訊息的場所。這麼一想，「Doctor Death」之所以有段時間對犬養的提問沒回應也說得通了。但這個想法目前也沒有任何佐證，只是單純的推測。接二連三的臨檢、各金融機構的ATM區和鐵路各站的監視器都沒捕捉到惠美的行蹤。她老早就把逃亡資金藏在某處了嗎？而且現在已經離開首都圈了嗎？搜查本部已經請求首都圈內的所有警署協助，但至今仍未獲得可信的目擊情報。

「雛森惠美過去有出境的紀錄。」

麻生叫來犬養，臭著一張臉告訴他。

「五年前出國，過了三年後回國。如果相信她本人提供的部分口供，那麼她就是在過去上班的醫院倒閉後馬上出國，而回國的那段時期，『Doctor Death』也正巧開始出現在網路上。」

「她出國去哪裡？」

「中東。時期上『阿拉伯之春』方興未艾，各國的獨裁政權和民主化運動間的爭端越演越烈的時候。一個日本人在哪裡幹了些什麼，現在想查也查不到。」

權威政府與民主化運動所展開的爭鬥之中，雛森惠美究竟目擊了什麼，犬養認為無論如何，那都和她回來後開始賺安樂死的錢脫不了關係。

「搞不好是看到戰場上視人命如糞土的景象，導致倫理觀念麻痺了呢。」

「這可不好說。」

犬養委婉表示不同的想法。

「不管她現在淪落到什麼地步，好歹也是擁有護理經驗的醫護人員，就算目擊大量殺戮的場面，也很難想像會因此突然轉變成殺人享樂的罪犯。」

「哼，看樣子這一點真的只能抓到本人再問了。不過那女人竟然就這樣給我躲了起來。」

麻生不甘地咒罵。看在犬養眼裡，也只是徒增空虛。

那通電話，是在犬養前去探望沙耶香的路上打來的。

來電顯示「未知號碼」，犬養直覺認定肯定是某個人。

「你好。」

『犬養先生，好久不見。』

果然是她。

「雛森小姐，你現在是從哪裡打過來的？」

『猜猜看？』

「反正你一定認為我們不會反追蹤吧？」

『你們也不覺得自己辦得到吧?』

又是經由海外伺服器打來的網路電話嗎?那麼無論再怎麼反追蹤,結果也不會改變。

「你該不會是想自首了吧?」

『我想以 Doctor Death 的身分向你道個歉,為了擺脫監視而利用沙耶香小姐的名字,實在是有點犯規了。所以關於這點請容我向你致歉。』

「既然都要道歉了,親自上門才夠誠意吧。」

『真不好意思,那麼有氣質的事情我做不到,畢竟我可是犬養先生恨之入骨的罪犯呢。』

犬養講電話時,也將注意力集中在耳朵。惠美的背後有沒有什麼環境音?有的話又是什麼聲音?

『我先說,就算你試圖從周圍的聲音來判斷發訊場所也是沒用的。我雖然沒氣質,但也不隨便。』

混帳。

她的語調十分平靜,跟當初接受偵訊時簡直像是不同的人。不對,這恐怕才是雛森惠美的真面目。

『犬養先生之所以一直對我的工作反感,果然還是因為心裡放不下沙耶香小姐的事情嗎?』

「……跟你無關。」

『不好意思，我看了她的病歷。她因為腎衰竭，正在等待器官捐贈者沒錯吧？我不會叫你別擔心，但確實不需要太悲觀。只要離開那個法律管東管西的國家，其實要找到捐贈者意外地容易喔。』

「你是在建議我採取違法手段嗎？」

『你的家人和法律到底哪個更重要呢？』

犬養說不出話。

『你是一名父親，也是一名刑警。但如果沙耶香小姐命在旦夕，犬養先生會以哪一個身分為主呢？』

「我無法回答假設性的問題。」

『已經有好幾個人回答出來了。岸田正人的母親、馬籠健一的太太、還有法條英輔先生，即便他們並不是執法者，好歹也是守法的善良市民，但如果有辦法去除所愛之人的痛苦，善良市民依然會輕鬆跨越法律的護欄，因為這就是他們的正義。』

「我可以問你一件事嗎？」

『看我能不能回答。』

「一直到五年前你上班的那間醫院倒閉為止，你都是一名正派的護理師，之後你出國一趟，回國後便繼承了『Doctor Death』這個過去惡名昭彰的危險人物的名字。你在國外到底看到了什麼？究竟是什麼讓你的倫理觀念產生了一百八十度的大轉變？」

『我見到跟山一樣多的屍體，還有快要變成屍體的患者。看來你並不知道我在中東做什麼，我是無國界醫生的一員。』

不出所料。

雖然犬養模糊地想像過，不過真的猜中了也不怎麼感慨。

『就算用民主化與對抗獨裁政權之類的好聽詞藻包裝，本質上那就是一場戰爭。處處血流成河、人人斷手斷腳、內臟外露，雖然組織飛往當地，但是在物資如此匱乏的地方，重要的醫院就連消毒液都不夠用。少了麻醉手段，受了致命傷的患者只能在痛苦折磨下不停地打滾，最後死去。在沒辦法動手術、又沒有止痛藥的情況下，患者們渴望的，是無痛的死亡。』

「這就是你經手安樂死工作的動機嗎？」

『時間與地點不同，死亡的意義也會有所轉變。犬養先生，你拚命保護的法律，不過是家家酒的正義。事實上，所有的人對於我所做的事就只有感謝，完全沒有埋怨。這點我之前也說過了吧？』

「你那是詭辯。沒有被害者所以犯罪便不成立，這只是逃避的藉口罷了。」

「這個觀念限制了你的想像。」

電話另一頭的惠美輕輕地笑了一下。

『而且，你之所以一直主張這是犯罪，是因為這個國家還將安樂死的問題視為禁忌，一旦安樂死的案件增多，國家意識到現有規範無法處理安樂死問題的瞬間，安樂死將不再違法。以往弒親案鬧上檯面時，有多少媒體將安樂死問題拿出來配合那些事件認真討論過？如果少子高齡化與老老照護問題日趨嚴重，可想而知未來會有越來越多家庭不得不選擇安樂死。然而又有多少醫生提議要修法跟進時代？大家都害怕自己被砲轟，一直避而不談不是嗎？所以你不覺得，我單獨一人的行為會如此撼動警察與社會，都是過去欠下的債所造成的嗎？』

「……看來我們兩個中間隔了一條很深的溝。果然還是很想跟你面對面好好聊聊呢。」

『很遺憾，辦不到。這裡待起來開始有點不自在了，所以我要暫時離開這個國家。』

機場早就派人守株待兔了──犬養欲言又止。對方可是會在信件往來之間要手段誤導鑑識的女人，要弄到一本假護照應該只是小菜一碟。

「又要跑去其他國家繼續殺人嗎？」

『講話真難聽，對我來說，還有對醫療器具困乏的地方來說，安樂死是正當的醫療行為喔。或許就跟你講到爛掉的話一樣，我的行為是違反了法律沒錯，但卻符合人道主義。即使不是戰場，在這個高花費延命醫療徒然發達的時代，渴求安樂死的聲音肯定會越來越大。我接下來也會為了去除患者的苦痛而進行安樂死，案例越多、安樂死的門檻就越低，人們的罪惡感會減少，法律也必定會朝著承認的方向發展。上一代 Doctor Death 所留下的遺產，將會透過這些過程變成具有價值的事物，這就是我身為醫療從業人員的正義。而我的正義和犬養先生身為警察的正義，世界會贊同哪一方呢……呼，我好像聊太久了，那麼就先掛了。』

「等等。」

『想必我們不會再見，也沒有機會交談了。永別了，正義的警察先生。』

她說到這裡便掛斷電話。

犬養沿著過來的路途折返。

他要聯絡麻生，請求緊急於各機場配置警備人員。

來得及嗎？剛才的電話搞不好是從出境登機入口打來的。

先別想了，現在能做多少就盡力去做。就算到頭來只是一場困獸之鬥，他也必須讓惠美知道，日本的警察與法律絕對不會承認「Doctor Death」的理論。

因為這就是現況，是我的正義。

犬養繼續試圖聯絡麻生，並劃開腳步狂奔。

受け継がれた死

繼承之死

1

「惠美，幫我按好他。」

惠美聽從布萊恩的指示，使盡全力壓制患者的上半身。患者的左腳膝蓋以下已經支離破碎，無法修復，而且有破傷風的風險，於是布萊恩判斷只能截肢。

患者為三十多歲的男性，體態魁梧，看起來遠比惠美有力，不過他的兩手被固定住了，所以只要壓好上半身的話還有辦法處理。

電鋸的低吼聲逐漸靠近患部，當刀片碰觸到大腿的瞬間，患者的身體大大震了一下，整個人弓起。惠美用上整個身體去按住患者，透過皮膚可以感覺到患者的心跳。

噴出來的鮮血與肉的燒焦味朝著惠美飛來，電鋸撕裂皮膚、切下肉、截斷骨頭，即使是手術專用的工具，仍會帶給患者生不如死的疼痛。口中塞了東西的患者使盡全力嘶吼，但那聲音悶在嘴裡，聽起來就像頭野獸的咆哮。可能是在抗議治療方式如此粗暴也說不定。

然而布萊恩的醫療判斷沒有錯，問題在於麻藥與各項藥劑嚴重不足。

截肢五分鐘內就結束了，雖然惠美覺得這五分鐘恍若三十分鐘，但患者應該覺得更久。不知道患者是不是喪失了抵抗的氣力，整個上半身虛脫躺平，但現在還不能放開他。

布萊恩拿布包起截斷面，開始縫合傷口。這項過程顯然也帶來了劇烈疼痛，患者的身體再度大大弓起。這個環境非但無法完全阻絕室外細菌，就連個止血劑和消毒藥水都沒有，只能透過血液本身的凝固作用和自淨能力來防止細菌入侵體內。

下肢的截肢結束後，布萊恩將手放到氣喘如牛的惠美肩上。

「Good Spirits（做得好）。」

接著他整個人放鬆下來，坐到椅背凹陷的折疊椅上。平時朝氣蓬勃的布萊恩，如今全身上下都散發出疲憊感，四肢無力垂下。這也沒辦法，由於政府軍再度開始轟炸，現場的醫師已經整整三天不眠不休，全力搶救患者。

在一片崩塌的建築物與遭到破壞的軍用車輛殘骸中，一群醫師與護理師搭起了帳篷治療傷患。裡頭聞不到習以為常的消毒水臭，瀰漫的盡是血腥與煙硝味。

要求格達費下台的示威遊行延燒至首都的黎波里，甚至佔領了廣播局與公家機關辦公室。格達費於是派兵對民眾進行無差別鎮壓，利比亞就此進入內戰狀態。布萊恩這些「無國界醫生」是在三個禮拜前入境，然而這段期間，戰況愈發激烈，連他們組織常駐的醫院都遭到破壞，布萊恩等人被趕出市區，只來得及帶上最低限度的醫療設備與藥劑。

政府軍為斷絕反政府派的補給，封鎖了通往市區的道路與各項水電通訊管線。即使遭到斷水斷電，組織的裝備中還包含足夠的電池，另外也有儲備用水，所以手術器材依然可以使用，也不必擔心清洗問題。

唯一的困擾，就是藥劑不足。

「真討厭這裡。」

布萊恩無力地嘟噥。

「有水、有食物、還有手機，連手術刀、骨鑽、骨鋸也幾乎都是最新型的，唯獨沒有藥。」

他回神般轉向惠美。

「補充，還有優秀的護理師。」

「在這裡可不比藥有用。」

布萊恩靜靜搖頭，也許那就是他現在所能表現出最豐沛的情感了。

「我不知道你自己怎麼想，但在這裡的大家都很感謝惠美你喔。無論是醫生，還是患者，甚至是已經死去的人。所以惠美你大可抬頭挺胸，這麼一來大家也會開心的。」

惠美認為能聽到這句話就已經是最大的回報了。

雛森惠美決定應徵「無國界醫生」的護理師，是在工作的醫院倒閉後幾天的事。雖然遲遲找不到下一個工作的地點也是原因之一，不過最大的原因，是她被招募條件上的MSF（Médecins Sans Frontières）憲章強烈地吸引。

「無國界醫生不分種族、宗教、信仰和政治立場，為身處困境的人們以及天災人禍和武裝衝突的受害者提供援助。恪守中立和不偏不倚的立場，並要求在其行動中不受任何阻撓。

作為志願者，全體成員深諳執行組織的使命所面臨的風險和困難，並且不會要求組織向其本人或受益人作出超乎該組織所能提供的賠償。」

惠美的猶豫僅有一瞬間。

她的經歷完全符合徵人條件，錄取後組織便馬上安排她出國了。

要說就連一點點想當英雄的渴望都沒有是騙人的，被組織派遣到那形同野戰醫院的地方之後，她也不只有一兩次想過要逃離那個地方。

然而惠美之所以仍待在組織，是因為被其他醫生和員工的醫療倫理與奉獻精神所打動，尤其以美籍醫師布萊恩・霍爾的影響最大。他那無論面對多麼絕望的狀況都不忘幽默，將知識與熱情全部傾注於治療的身影，對惠美來說堪比一枚指南針。

布萊恩和惠美的偷閒時光不超過三分鐘。

隔壁病床上的士兵狀況突然生變。明明剛才一直都很穩定，現在卻突然瞪大了眼，表現得十分痛苦，感覺眼睛都快蹦出來了。或許是因為他無法出聲，使他的表情看起來猙獰得不祥。

惠美趕到一旁時，患者全身產生劇烈痙攣，伸手一碰，發現他的肌肉僵如鋼鐵，而且呼吸看起來並不順暢，一直喘著氣音。這是典型的破傷風末期症狀。

「我看看。」

布萊恩輕輕推開惠美，蹲下來檢查士兵的身體。

這名士兵的身上有無數傷口，布萊恩早認為他遲早會感染泥土中的破傷風桿菌。本來破傷風需要使用 Metronidazole 等抗生素來治療，但這種藥物對於已在人體內生成的神經毒沒有效果。若要中和神經毒，必須使用破傷風免疫球蛋白，但好巧不巧這座帳篷裡面就是沒有這兩種藥。

布萊恩神情變得黯淡，再這樣僵直下去，患者的氣管將會緊縮，最後在呼吸困難連帶脊椎骨折的情況下死去。然而現在進行外科手術並沒有意義，只有藥劑才能減緩患者的症狀。

「醫生。」

對於惠美的呼喚，布萊恩也毫無反應，只是一直盯著患者，看起來彷彿在拚命對抗心中的某種東西。

他肯定是在跟自己的醫療倫理對抗。器材有限、缺乏大多數藥劑的狀態之下，根本無法進行完善的醫療行為。然而如果無法進行完善的醫療行為，醫療倫理就會被其他的倫理給取代。

不久後，布萊恩帶著陰暗的表情，消失在帳篷的角落。回來時，手上多了一瓶大小不超過手掌的安瓿。

惠美一看安瓿上的標籤，嚇了一跳。「Suxamethonium」，是一種骨骼肌鬆弛劑，同時也屬於一種毒藥。

因為藥劑不足而無法治療的患者越來越多，醫生與護理師就算再怎麼努力，還是只能眼睜睜看著患者死去。其中也不乏像這名士兵一樣，一直承受劇痛直到斷氣的人。

從那時開始，部分醫師之間默許了某項行為。

沒有人提出宣言，也沒有人和其他人交換意見。若自己負責的患者死期將近，除了治療之外，他們還準備了一個選擇，是給予患者安寧。

布萊恩在痛得打滾的士兵耳邊輕聲道：

「你想要解脫嗎？」

也許一聲無法讓他意會，士兵轉頭看向布萊恩的臉。

「你想要解脫嗎？」

士兵似乎理解了布萊恩的意思，於是帶著空洞的眼神，大大點頭。

布萊恩拿起針筒，抽取安瓿內的藥劑，惠美躊躇了半天，最後還是將自己的手疊上布萊恩的手。那是一種極其消極的抗議舉動。

布萊恩帶著愧歉萬分的眼神看著惠美。

「你在一旁靜靜看著就好。」

「……這不是治療行為。」

「你說的對，這不是治療行為。不過卻是救贖。」

「可是——」

「神經毒只會作用在肌肉上，所以患者的意識不會陷入模糊，會一直痛苦到死。我認為這對這名患者來說是最好的選擇。」

他慢慢卸下惠美的手。

「惠美，你聽過『Doctor Death』這個人嗎？」

惠美是第一次聽說。

「他的本名叫傑克•凱沃基安，跟我一樣是美國的醫生。他推崇積極安樂死，人稱死亡醫生。雖然他的主張太唯我獨尊，我終究無法認同，但只有一個部分讓我有同感，那就是任何人都有結束自己生命的權利。」

「你要在戰場上實踐這個主張嗎？」

「不用說，『Doctor Death』最後遭判有罪。而這是我所要背負的罪孽，惠美你不必扯上關係。」

注射器的針頭已經找到士兵的頸靜脈，藥劑一注入，原先如染上瘧疾般顫抖不已的身體趨於安定，猙獰的表情也緩和了下來。

士兵的嘴唇微微張合，發出的聲音雖然小到幾乎聽不見，但惠美知道那並不具攻擊性。

接著士兵停止了動作。

布萊恩整個人顯得十分虛脫。

「還真不想因為這種事被感謝呢。」

如果身處和平的環境，醫師執行的積極安樂死會被視為犯罪，然而在戰場上反倒成了救贖的手段。而這種救贖的處置案例，隨著傷患人數增加也越來越常見。

就連一開始表現抗拒的惠美，不知不覺間也開始協助進行安樂死了。罪惡感在心中發出的慘叫，也因為患者口中的感謝而逐漸撫平。

士兵上戰場，工作就是要殺人。

而戰場上的醫師或許也是差不多的存在，惠美開始產生這種想法。

衝突持續升溫，終於連市區內原本還算得上緩衝地帶的地區也消失了。無論處在街角任一處，都會有子彈飛過來，轟炸機飛過頭上的情形對惠美他們來說也早已見怪不怪。

決定撤離的人是布萊恩。所有藥劑用罄，送進帳篷的傷患也幾乎不再是應急措施有辦法應付的情況。

「這裡已經沒有我們能做的事情了。」

布萊恩以隊長身分作出宣言，於是其他醫生與人員開始準備撤離，將醫療器具放進收納箱，堆上廂型車。他們計畫等待槍擊與空襲較不劇烈的夜晚再往郊外移動。

「郊外還有很多等待醫療的市民和傷患，有些地方搞不好還有辦法透過空投方式獲取醫療物資，我們就在那裡等待巷戰平息下來。」

惠美沒有異議。只要是布萊恩有辦法大展身手的地方，就算是地獄她也打算奉陪。

無國界醫生在某些地方上，有點類似一支紀律嚴謹的軍隊，每個人員各司其職，有效率、手腳俐落地執行手上的工作。即使沒有人發號施令，大家仍會像一群訓練有素的士兵一樣行動。

物資裝箱的過程中，惠美就待在布萊恩身邊，為了在他有任何要求時可以隨時應對。

「利比亞的救援活動結束後，你有什麼打算？」

突如其來的疑問，惠美無法馬上回答。

「沒有特別規劃。不過我想作為『無國界醫生』的一員繼續跟著醫生。」

「那樣你就滿足了嗎？」

布萊恩的臉突然靠近，近得就快要碰到惠美的臉，惠美下意識往後退了一步。已經好幾個禮拜沒洗過澡，惠美害怕他聞到自己身上散發的臭酸體味。

「我已經下定決心了。」
「不過我反對。」
布萊恩的口氣雖然溫柔，卻令人感到前所未有的冷漠。
「你不滿意我的護理技術嗎？」
「沒這回事。正好相反，你的術後管路護理做得無可挑剔，甚至還有醫生想跟你請教怎麼做身體評估呢。」
「那為什麼……」
「你一身難得的技術，在這種沒有好器具又缺少藥劑的地方也無法獲得充分發揮。我就打開天窗說亮話了，你的技術用在戰場之外的地方更有效率，既可以拯救更多患者，工作也會更有意義。」
「我喜歡現在這份工作。」
布萊恩話語一落，惠美便搶著開口。
「比起在一般的醫院工作，這裡更能累積經驗。」
「沒錯，也包含正常醫療行為中不需要的經驗。」
他從白袍口袋中拿出注射器和骨骼肌鬆弛劑的安瓿，他們才剛把新來的傷患送往天國。
「雖然那是救贖，但算不上正當的醫療行為。你不可以再深入這方面的技術了。」

怎麼能讓你把我推開。

我還不想跟他分開，應該提出嚴正的抗議——

說時遲那時快，頭上突然傳來了轟炸機飛近的聲音。

才心想今天居然飛得這麼近，下一刻雙耳就接收到了某種東西落下的聲音。

掉落的聲音正在急速擴大。

「惠美！」

布萊恩叫喚的同時，一陣衝擊襲來。

那東西似乎命中了眼前的大樓，整棟樓的牆壁應聲炸開。

爆炸聲使惠美的聽覺麻痺，要不是她剛才馬上張開嘴，眼球可能早就飛出來了。

無聲的環境下，世界正在崩解。帳篷掀了起來、收納箱被彈飛，除此之外頭上還下著密集的瓦礫碎片雨。

爆炸氣旋捲起塵土，惠美整個人也被吹飛。四周轉眼間變成白茫茫的一片，她無計可施，在地上爬行。

過了三分鐘，抑或是過了十分鐘，在連時間感都麻痺的狀況下，眼前的白霧漸漸散去，視野再度清晰起來。

惠美狼狽地撐起上半身，動作怎麼樣也快不起來。低頭一看，四肢到處都插著玻璃碎片。

但比起自己，布萊恩人呢？

惠美拔掉會影響走路的大玻璃碎片。可能是因為腎上腺素分泌的關係，她出奇地感覺不到疼痛。

「醫生。」

她喚了好幾次，但聲音全被崩塌的聲響掩蓋，傳不出去。

回到原先所在的地方，終於發現了布萊恩的身影。

他全身皮膚裸露在外，惠美見狀發出一聲慘叫。

兩根粗實的鋼筋貫穿了布萊恩的身體，其中刺穿胸口中央的那根鋼筋，讓他整個人被串起，身體懸在半空中。

「醫生……」

惠美步履蹣跚地跑近。布萊恩似乎還沒斷氣，但由於肺部被刺穿的關係，他每呼吸一次，口中便發出鮮血湧出的聲音。

惠美想將布萊恩從鋼筋上拔起來，但就算費盡了全力，他仍然一動也不動。

「來人啊。」

這一刻，惠美終於發現其他成員幾乎都倒在地上，而且沒有一個人四肢健在。不會有人來救援的。

自己竟是如此無能為力。隨著時間流逝，布萊恩的生命也自傷口一點一滴凋零。胸前開了兩個大洞，現在又沒有麻醉藥，想要解救他根本就不可能。

「來人，快來救救他。」

然而空蕩蕩的聲音再度被塵土吸收，惠美只好待在布萊恩身旁無助地合手祈禱。

這時，布萊恩伸手摸了摸白袍的口袋，拿出裡面的東西，遞給惠美。是注射器和安瓿。

難道……不會吧。

惠美絕望地搖搖頭，然而對方伸出的手卻筆直地對著自己。

你是叫我殺了你嗎？

惠美將臉貼近布萊恩的臉頰，心裡求他放過自己，然而此時布萊恩的雙脣微弱地張開。

「……給我死、的權利。」

彷彿有道電流貫穿惠美全身。

他的頭因重力而垂下，雙眸直視著惠美。

布萊恩的心願比惠美的怯懦還要堅定許多。

他呼吸時開始發出漏氣的聲音，時間所剩不多，而現在也沒有其他辦法了。

惠美從布萊恩手上接過注射器和安瓿，一切準備就緒。她觸診尋到脖子上的靜脈，接著做了一次深呼吸，插入針頭。

淡淡的心意，隨著濃稠的藥物一同推送進布萊恩體內。

不久後，布萊恩的呼吸開始變淺，最後泛起微笑，然後再也不動了。

惠美當場癱軟坐下，對著天空厲聲叫喊……

……夢到這裡，惠美醒了過來。

她看看四周，想起自己人在新幹線的車廂內，嘆了一口氣。

看樣子自己又做了相同的夢。那份過往的罪孽，一份親手葬送這世上最敬愛、發誓要跟隨一輩子的人的罪孽，造就了如今的雛森惠美。

之後，惠美與其他還活著的成員拖著半條命逃離的黎波里，平安生還。

有人藉機離開了組織，有些人則留了下來。惠美屬於後者，自那之後，她輾轉於各國的戰亂地區。每個戰亂地區之間，差別只在於引發紛爭的主義和語言不同，至於戰場上流淌的血與遭到破壞的肉體，還有比起生，更渴望死的傷者，走到哪都一樣。

從那天算起，自己到底建議多少傷患接受安樂死了呢？所有的人都接受了這項提議，並且懷著對惠美的感謝離開了人世。連自己最珍視的人都殺了，之後要跨越這個障礙一點都不困難。

給予萬人平等的醫療。

給予萬人平等的死亡。

她之所以離開「無國界醫生」，是因為有一名醫生就安樂死的是非問題與她對質。儘管那名醫師沒有舉發的意思，惠美仍舊覺得組織待起來不再舒服了。

而如今，惠美在日本自稱「Doctor Death」，因為她知道除了戰場，世上還有很多渴望安樂死的患者。

工作一帆風順，直到那個姓犬養的不識相刑警出現為止。

最後與他通話時，之所以告訴他自己即將出國，也有一部分原因是為了誤導警方。實際上，她也聽說警視廳與各地縣警合作，加強了大型機場的警戒。誰會大搖大擺出現在那種地方啊。不過也多虧惠美調開了人馬，使得她一直以來使用的另一個住處，至今還沒發現任何搜查員接近的蹤跡。

從那之後約莫過了一個月，惠美並沒有騙人，她是打算等風頭過去後再出國沒錯。雛森惠美的名字與長相如今已廣為人知，就算待在日本也沒辦法工作了。

然而，在出國之前，她必須完成這件案子。

久津輪博信，四十八歲，現居於出雲市，因癌症末期臥床不起。委託安樂死的就是他本人。

惠美打算以此做為在日本的最後一份委託。

2

久津輪家位於出雲市須佐溫泉附近一個叫作東笹山的聚落，那是一個僅有四十二戶人家，人口總計七十四人的小聚落，根據地圖，這裡跟市區之間的聯繫只有一條小路，如果這條小路無法使用，那麼該聚落可就真成了陸上孤島。

晚間七點三十分，當惠美從計程車上下來時，東笹山下著滂沱大雨。聽計程車司機說，這場漫長的雨自進入十二月起下了整整三天，也許這場雨過後，冬天就會正式到來。

即使司機搭話，惠美也不怎麼抬起頭來。她帶著帽簷寬闊的帽子，別人應該也看不出她長什麼樣子。

沒鋪柏油的小路上處處積水，雖然惠美閃過了幾個水窪，腳上的樂福鞋還是三兩下就沾滿了泥巴。

據說久津輪與妻子和長男三人同住，距今約三個月前得知自己罹患胰臟癌，而發現時癌細胞已經轉移，進行手術也沒什麼用了。

本來胰臟癌初期就幾乎沒有自覺症狀，就算有，也只是很輕微的腹痛，而且痛的時間並不長。不僅如此，胰臟癌的惡化與轉移速度都很快，等到出現自覺症狀時，通常已經回天乏術。

雖然在山間地區從事半農半林業，只要親子三人不求奢侈，生活也還過得去。但身為家中支柱的久津輪病倒後，家計頓時失去了平衡。

壽險是他們唯一的救命繩索，但這也是十幾年前開始投保的類型，所以沒有生前需求給付附約。換句話說，久津輪的死亡給付是整家人最後的希望。

惠美踩過一灘灘積水，終於看見坡道上孤零零的一盞室外燈。那裡就是久津輪家，和地圖上看到的一樣，跟最近的鄰居家還相隔了一公里。

依照之前討論的結果，今天他老婆跟小孩應該不在家。他似乎是將惠美造訪的日期安排在妻兒個別有其他事情的日子。當然，他隱瞞了自己委託「Doctor Death」幫忙執行安樂死的事實。

所以今晚，目送久津輪魂歸天的只有惠美一個人。雖然患者也會想在家人的守候下離開，但畢竟是這種委託，這宿願恐怕是難償了。

惠美重新思考工作順利結束後的計畫。將氯化鉀製劑打入靜脈後，久津輪將靜靜長眠。過程大約一小時，確認死亡後花五分鐘整理器材，再花三十幾分鐘消除自己來過的痕跡，總計下來差不多兩小時就可以搞定所有流程，接著只需要沿著過來的路折返。到市區只有一條路，人生地不熟的惠美也不會弄錯。鞋子濕了就算了吧，畢竟是這種鄉間小路，而且又恰逢大雨天。不過沒有目擊者在反而好辦，她有準備一套換洗衣物，濕掉的衣服再找個地方扔掉就好了。

「有人在嗎？」

考慮到當事人之外的人在家的可能，惠美先打了聲招呼，不過沒人回應。

她施力開門，但拉門和滑軌的咬合狀況似乎不太好，發出喀啦喀啦的噪音，她費了一番功夫才成功打開。

玄關點著一盞昏暗的螢光燈，脫鞋處雖然因為大雨濕了一片，但只有看到拖鞋和舊鞋，並沒有客人來訪的跡象。脫鞋處濕成這樣，也幾乎不可能採集到鞋印吧，惠美安心脫下鞋子。

她從包包拿出便宜的拖鞋換穿，這種拖鞋是大量生產的產品，警方追蹤不到最後使用者，而且惠美也打算穿完就丟。

久津輪的寢室位於走廊盡頭。惠美告訴過他，如果身體不舒服也不必勉強自己醒著，所以他肯定睡得正熟。

「久津輪先生？」

惠美拉開紙門，照理說裡面應該躺著一名病患——

然而房間裡卻出現了病人之外的年輕女子。

「等你很久了。」

惠美記得她是警視廳那個姓高千穗的刑警。

是圈套。

她不等女子說完，立刻掉頭。

可是已經有個身材高大的男子，神不知鬼不覺地擋住了惠美的退路。

「好久不見了，雛森小姐。不對，既然你人在這裡，是不是該換個方式叫你比較好？」

犬養意氣風發地說。

可惡。

退路遭人阻斷就一籌莫展了。惠美不得已往寢室退了一步。

「能再見上你一面真是太好了。」

「看來你們沒有上鉤呢。」

「因為你過去策畫的行動基本上都是調虎離山，而且成功了那麼多次，我想你這次一定也會採取同樣的招數。這是犯罪心理的基本。」

「真是可恨。」

「我之前一直把你當女性看待，所以才沒能看穿你的謊言。但如果單純把你當一名罪犯來看的話，我就有辦法稍微讀取你的心思了。」

「原來你會上女人的當啊？」

「個性問題囉。」

惠美眼神冰冷，看向裹著棉被的男人，他長得跟郵件上的照片一模一樣。

「該不會連這個客戶也是你們設計的吧？」
「不，久津輪先生確有其人。我們是在你躲起來的期間好不容易才找出來的。」
真的很抱歉，棉被裡的久津輪出聲道歉。
「老婆和孩子出門後，這些人就跑來了。來不及通知你有危險。」
久津輪應該沒有說謊，所以惠美更想不通。
寺町亘輝遭到拘捕後，「Doctor Death 的往診室」依然接到滿天飛的安樂死委託。有不少自然是奚落或看熱鬧的人，但還有一成的人仍認真看待網站內容，而久津輪就是其中之一。他只不過占了所有網站訪客不到百分之一的比例，為什麼警方還會盯上他？
「你似乎很在意我們為什麼會守在這裡呢。」
「能不能說出來讓我參考參考？」
「是你告訴我的啊，雛森小姐。」
犬養方才的高傲如今消失無蹤，或許他這個人意外地紳士。
「我什麼時候告訴你的？」
「最後那一通電話時，你告訴我你參加過『無國界醫生』的來歷，於是我就去調查了你參加當時的所有成員，包含他們過去的經歷和現在的職稱，當然也包含了照片在內的個人資料。」

原來是這麼一回事。

「虧你們有辦法靠那麼一點資料就猜到呢。」

「就算我不懂女人心，還是能理解一名研究者崇拜優秀指導者的心態。你奔走在各國戰亂地區時，仰慕著一名叫布萊恩・霍爾的美國醫師。雖然你從沒說出口，但身邊的成員好像都看得出來喔。」

哪裡紳士了——惠美收回前言。

「眾多網站訪客裡，只有久津輪先生散發出不一樣的光彩。畢竟他可是像極了布萊恩醫師，你說是吧？」

惠美正準備一巴掌招呼過去時，耳裡突然捕捉到某種不祥的聲音。

啪啦啪啦啪啦。

那絕不是雨聲。猶如小石子落下的聲音從天花板上傳來，但這裡可是鋪瓦屋頂的兩層樓建築，怎麼可能有辦法聽到小石子打在屋頂上的聲音？

敲擊屋頂的聲音頓時增大，轉變為大量砂石落下的聲響。

突然，天花板凹陷，屋子發出臨死前的哀號。

下一個瞬間，天花板掉了下來，同時牆壁也壓向他們。

在的黎波里遭到近距離轟炸的景象，於惠美的腦海裡復甦。

偏偏選在這個時候。
明明是我最不願想起的過去。
為什麼我活了下來？
然而思考僅僅運作了一剎那。
燈火熄滅。
惠美等四人隨著轟隆巨響，遭到倒塌的房屋吞噬。

倒塌後不知道過了多久。
黑暗之中，惠美聽見了犬養的聲音。
「你們沒事吧？」
「沒事，我高千穗。」
「雛森小姐！」
惠美發現自己成臥姿，雖然嘗試起身，但看樣子是被掉下來的天花板壓住了。她全身上下都被重物壓著，連一根手指都動不了。
乾脆試試看就這樣裝死，之後再找機會逃脫好了……不過看上方的重量，自己很有可能等不到犬養他們離開就先被壓死了。

「在這裡。」

雖然胸口被壓住使她發不出太大的聲音，但那兩人還是聽到了。沒過多久，一旁就有人搬開她身上的瓦礫，壓力立刻減輕了不少。

「好險你沒事。」

雨夜之中雖然看不清楚犬養的表情，但從他的口氣就聽得出他是打從心底擔心一名連續殺人犯的安危。

眼睛適應黑暗後，惠美也逐漸看清周邊的景象。

果然是土石流。連續下了三天的豪雨讓房子後頭的山崖崩落，久津輪家如今已被泥沙及大樹壓毀，連個影子都看不見了。

「就剩一個人了。」

犬養的動作看起來猶如一隻動力不足的人偶。

「……你受傷了吧？」

「等我們救出久津輪先生後你再幫我們三個人緊急包紮一下，這點小事總不會介意吧？」

「這麼做有辦法酌情減刑嗎？」

「該報告的東西我會報告上去，剩下就看法官的自由心證了。」

接著他們三人打開手機的手電筒，一同在瓦礫堆上進行搜救。惠美暗忖久津輪剛才也在同一個房間內，所以認定他一定就在離自己不遠的地方呼救。然而事實卻不是如此，附近怎麼也找不到久津輪的身影。

「久津輪先生，聽到請你出個聲。」

「你在哪裡。」

犬養和高千穗大聲呼喊，惠美也隨著叫喚，但仍舊沒聽見久津輪的回應。

他本來就因為胰臟癌惡化導致體力不足，如果現在又被壓在房屋底下，根本就發不出多大的聲音。

正當惠美擔心他會不會當下就已經身亡時，高千穗大喊：

「找到了，犬養先生。久津輪先生就在這裡的正下方。」

砂石和瓦礫的縫隙之間，看得到衣服的一部分。如果惠美沒記錯，久津輪身上的睡衣就是這個花紋。

三人協力搬開砂石，埋在下方的久津輪漸漸重見天日。

然而，絕望卻沒放過久津輪。原本支撐天花板的屋樑壓在他的胸口上。

惠美出於職業反射動作，立刻趴到久津輪身上，確保氣管通暢。

「啊呃、啊、呃……」

耳邊傳來微弱的呻吟。氣管是維持住通暢了沒錯，但肋骨十之八九受了傷，惠美伸手一摸就知道他的鎖骨斷了，而他張開的嘴裡也滿是鮮血。

「只能移開這根梁了。」

犬養的判斷很正確。

只是成功率很低。

他們暫時拋開警察與嫌犯的立場，三人合力試圖抬起屋梁。可是除了屋梁本身重量十足外，兩側還壓著砂石，怎麼搬也搬不動。

「高千穗，快叫救護車。」

「沒用的。」

惠美無力地說。沒想到自己的聲音聽起來居然會這麼無情。

「你們過來的時候也確認過了吧？這邊離急救責任醫院所在的市區起碼有三十分鐘的車程，就算他們想開得再快，看這場雨跟那條山路，他們也沒辦法胡來。等到急救人員抵達，人早就死了。」

「那就請求附近居民的幫忙——」

「犬養先生，你願不願意相信我雖然身為安樂死倡導者，但在那之前更是一名護理師？」

「我相信。而且身為安樂死倡導者，應該更沒辦法接受這種死法吧。」

「謝了。基於這個立場，我得告訴你，久津輪先生撐不久了，大概只剩十到十五分鐘吧。肋骨骨折內彎，恐怕已經刺穿肺部，口腔內之所以湧出鮮血就是因為肺部出血逆流所造成。就算把這根梁移開，手邊也沒有手術刀可以動手術。」

「你身上沒有任何工具嗎？」

「是有這個讓人解脫的工具。」

惠美從內側的口袋中取出注射器和安瓿給犬養看。

她總是隨身攜帶一組，以備萬一怎麼樣時可以自我了斷。

真是諷刺，沒想到連使用的藥劑都跟當時一樣。

「那是……」

「Suxamethonium，骨骼肌鬆弛劑，同時也是毒藥。」

黑暗之中，仍能看見犬養和高千穗緊張的神色。

「你在鬧哪齣？」

「犬養先生應該知道我沒有在開玩笑才是。胸部遭到壓迫，肋骨又刺穿了肺，每呼吸一次，臉部的靜脈壓就越來越高。你應該有辦法想像那種痛苦吧？如果放著不管，久津輪先生一直到最後都得承受生不如死的痛苦，已經沒有其他辦法可以拯救這個人了。」

「你認為警察有辦法對眼前執行的安樂死視而不見嗎？」

「只要一瞬間就好，我要你現在放下警察的身分，站在久津輪先生的立場替他想想。他現在光是呼吸都形同拷問，而你們引以為傲的警察手冊跟手銬，現在毫無用武之地。」

花再多力氣說服也只是浪費時間，惠美蹲到久津輪身旁。

「久津輪先生，雖然方法有些改變，但我現在就讓你解脫。」

「等等！」

犬養跑了過來，擋在惠美與久津輪之間。

「你那是殺人。」

「沒錯，難道你以為我不知道嗎？」

「我身為一名警察——」

「身為一名警察，在一旁眼睜睜地看著這個人一直受苦嗎？這又何嘗不是一種罪孽？」

犬養的眼神變得迷惘，那一瞬間，惠美明白了。

這個男人知道人有生的權利，卻完全沒辦法理解也有死的權利。即使他能制裁犯人，也無法制裁罪孽。

肯定是因為他女兒也深受重病侵擾的關係吧，所以才無法超然地看待生命。

惠美突然羨慕起這個男人，既膚淺、又幼稚，但是卻擁有一對無法徹底割捨事物的溫柔眼神。

自己也曾經擁有過像是那樣的眼神吧，只是在戕害了那麼多條性命的過程中，已經徹底改變了，而情感面上的某個部分也已消磨殆盡。

「不然這樣好了。」

惠美在犬養眼前拿起注射器，抽取安瓿裡的藥劑。

「如果你的職業倫理至始至終都拒絕讓久津輪先生獲得安寧，那請你粉碎這支注射器。我等你三秒，再等下去對久津輪先生就只是折磨。一。」

犬養睜大了眼睛，凝視著注射器。高千穗呆若木雞，關注著犬養的動作。

「二。」

他的手伸向注射器。

這時，久津輪口中發出了微弱但悠長的哀號。犬養的手霎時停住。

「三。」

犬養無力地將手放下。

那是職業倫理壓垮心靈的一瞬間。

「這是我所要背負的罪孽，你不必扯上關係。」

布萊恩。

我終於理解你當初說這句話的時候是什麼心情了。

惠美推開犬養，以手指摸索久津輪的靜脈位置，精準無比地下針。

久津輪因痛苦而扭曲的表情，很明顯地越來越平靜。

這麼一來，我的工作就結束了。

明明連續殺人犯就在犬養與高千穗的面前，他們卻露出敗北的表情。

雨，依然下個不停。

3

犬養一走入病房，便看見沙耶香一臉驚訝。

「爸，你該不會……」

「什麼？」

「你不是跟我約好了嗎，說逮捕到犯人之前都不會來探病。所以？」

「嗯，抓到了。」

「太好了。」

「人是抓到了，卻捉不住罪。」

「……聽不懂你在講什麼。」

「聽不懂也沒關係。」

犬養一臉嫌麻煩的樣子。老實說，他一點都感受不到事件解決的痛快。

那個下雨的夜晚，當地警方與救護車花了一個小時才抵達。久津輪早已死亡超過一小時，惠美被拘留在當地警局一晚，之後移交到警視廳。事到如今，她似乎沒什麼好隱瞞的了，偵訊過程中，態度十分順從。之後的焦點將會擺在該以單純的殺人罪成案，還是以受囑託殺人罪成案。

然而犬養煩心的是其他的事。

他對人見死不救。

明知讓久津輪選擇安樂死是違法的行為，他仍然默許了。明知惠美將毒藥注射進人體是殺人行為，他卻眼巴巴看著事情發生。

雖然惠美說那是她所要背負的罪孽，但這只是犬養逃避的藉口。任由眼前發生殺人行為卻不制止的自己，理當背負同等的罪孽。

後來明日香替犬養辯護，說這也沒辦法，她對當下情況的解釋是，惠美拿久津輪所剩不多的生命作為擋箭牌來威脅他們。

這也只是逃避的藉口。犬養當時在被屋梁壓著的久津輪身上，看見了沙耶香的影子。假設沙耶香也碰到相同的狀況，自己到底會選擇哪條路，是恪遵法律，看著沙耶香一路痛苦到最後一刻嗎？還是不惜違法也希望女兒解脫呢？

逮捕犯人的瞬間、從刑警換回父親身分的那一刻起，他就已經失去作為刑警的資格了。

「你從剛才就一臉陰沉，到底是在煩惱什麼啊？」

沙耶香機靈地詢問。最近她不管長相還是口氣都跟前妻越來越像了。

「沙耶香，如果，我是說如果喔，你現在得的是其他的病，怎麼醫也醫不好，只會越來越痛苦的話，你還是會選擇跟病魔對抗嗎？」

「咦？」

「我是說如果啦……不，抱歉，假設這種事情聽起來也很奇怪吧？」

「你想問我會不會選擇安樂死嗎？」

「算是啦。」

我懂了。沙耶香帶著理解的表情點點頭。

「爸，你不能接受安樂死對不對？」

「我承認它有它的道理在，但恐怕無法全盤接受。」

「那就只是想法不同而已。因為不管是不想讓家人死去，還是不想讓家人繼續受苦下去，其實本質上都同樣是一種體貼。」

犬養愣了一下。

「畢竟活得久，也不會無條件獲得幸福不是嗎？我覺得啊，這兩件事情不是相互對立的，只是看待方式不一樣而已。」

看來沙耶香令人佩服的不光只有那驚人的洞察力。

犬養現在仍然沒辦法判斷安樂死的是非對錯，如果他再更聰明一點的話，或許就能撇開情感，理性面對惠美和久津輪他們的想法了。

在他有辦法做到這件事之前，恐怕得將對久津輪見死不救一事當作十字架背負在身上。光想就覺得沉重，但這肯定才是犬養應該承擔的罪與罰。

「啊。不過我是不會考慮什麼安樂死的啦。以前的話可能還會稍微想想，但最近開始覺得，我一定要打敗病魔！」

「為什麼？」

「不知道，可能是因為我是某個頑固傢伙的女兒吧。」

完

這個推理小說家不得了——

中山七里(Shichiri Nakayama)

Extended Reading more Novels

這個推理小說家不得了——

中山七里 **(Shichiri Nakayama)**

1961 年出生於岐阜縣。因多在故事中演出關鍵的劇情翻轉，因而被喻為「逆轉的帝王」（どんでん返しの帝王）。

以《再見，德布西》榮獲 2009 年第八屆「這本推理小說真厲害！」大獎，並於 2010 年正式出道。另一本作品《連續殺人鬼青蛙男》也於同年度晉級到最終評選階段，中山七里也因此成為史上首位同時有兩部作品入圍該獎項的作家。

產量豐富，寫作風格多元，有明朗的音樂推理，也有陰鬱沉重的懸疑小說，出道迄今十二年，已經出版約五十部作品，質量均佳，是近年來甚受矚目的新銳娛樂小說家。

筆下幾個主要角色系列與尚未構成系列的作品人物共享同一世界觀，經常在各自的作品中相互串場、連結、甚至主客互換，構成可稱之為「中山七里宇宙」的龐大劇情體系。

曾因為被人斷定自己寫的《連續殺人鬼青蛙男》無法拍成電影，於是就負氣寫出紙上電影《START!》。

主要作品有『岬洋介』系列、『犬養隼人』系列、『御子柴禮司』系列、『希波克拉底』系列，以及現階段由《連續殺人鬼青蛙男》、《START！》、《連續殺人鬼青蛙男　噩夢再臨》所構成的『連續殺人鬼青蛙男』一系。

瑞昇文化已出版：《開膛手傑克的告白》、《七色之毒》、《五張面具的微笑》、《永遠的蕭邦》、《連續殺人鬼青蛙男》、《START!》、《泰米斯之劍》、《嘲笑的淑女》、《唱吧！戰鬥之歌》、《替身總理》、《哈梅爾吹笛人的誘拐》、《邂逅貝多芬》、《連續殺人鬼青蛙男　噩夢再臨》、《魔女復甦》等多部作品。

中山七里作品

『連續殺人鬼青蛙男』系列

上顎被勾子勾住，懸掛於大廈十三樓的一具全裸女屍。旁邊留著一張筆跡如小孩般稚拙的犯罪聲明。這是殺人鬼「青蛙男」讓市民陷入恐怖與混亂漩渦中的第一起凶殺案……

就在警察的搜查工作遲遲無進展時，接二連三的獵奇命案發生，整個飯能市陷入一片恐慌絕望……。「青蛙男」好似故意嘲笑警察地一再犯下無秩序的慘絕人寰惡行。

結局逆轉再逆轉，第八屆『這本推理小說了不起！』令評審激辯的候選之作。

連續殺人鬼青蛙男

14.8×21cm　384 頁　定價：320 元

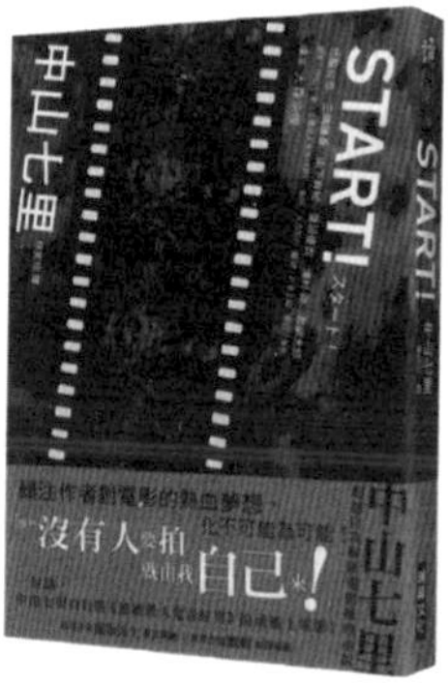

《連續殺人鬼青蛙男》竟然拍成電影！？

出資的大股東以資金威脅導演，硬是想要干涉其中。以人道關懷為宗旨的團體，屢次要求導演撤除某些內容。此外，還有輕率的男偶像與醜聞纏身的招牌女優，一堆頭痛的問題之外，竟還發生弔詭的命案！

負責拍片的知名導演大森，將這部電影視為導演生涯遺作，會如何面對這一連串「阻礙」？

「電影」究竟是什麼？它值得讓人賭上生命嗎？

繼音樂推理小說之後，中山七里再度超越自我，推出新類型電影推理小說。

START!

14.8×21cm　368 頁　定價：320 元

一起獵奇爆炸案的現場，只留下了四處飛散的殘破遺體，以及一張勾起眾人恐懼回憶、筆跡幼稚的犯罪聲明……。那個讓眾人陷入極度恐慌的噩夢象徵，再次從黑暗中甦醒了嗎？渡瀨、古手川這對刑警搭擋將再度挺身迎戰青蛙男的殘酷惡意。在奮力追尋真相的過程中，也逐步拼湊出那隱藏在黑霧之後的衝擊事實……。

第 8 屆『這本推理小說真厲害！』的評審熱議話題作

《連續殺人鬼青蛙男》正統續篇，再次逆襲！

連續殺人鬼青蛙男 噩夢再臨

14.8×21cm　384 頁　定價：350 元

『犬養隼人』系列

在東京深川警察署跟前，發現一具器官全被掏空的年輕女屍。自稱「傑克」的凶手寄出聲明文到電視臺，簡直像在嘲笑搜查本部。正當所有線索指向與器官捐贈可能相關的同時，該器官捐贈者的母親竟然行蹤不明……！

警視廳搜查一課的犬養隼人，他的女兒也正準備接受器官移植手術，於是在刑警與父親身分之間擺盪，還必須鍥而不捨地追捕凶手……。究竟「傑克」是誰？他的目的是什麼？犬養刑警該如何克服內心衝擊，揭開令人意外的真相！

生或死究竟如何界定？ 感動又激動的社會派推理小說！

開膛手傑克的告白

14.8×21cm　352 頁　定價：320 元

好人，一念之間就可能變成壞人！逆轉情勢的風暴一波波襲來！ 7 種顏色引出 7 則離奇案件！兇手該說是他還是他 !?

這次，《開膛手傑克的告白》犬養隼人擺脫「弱掉的帥哥刑警」稱號，在他洞若觀火的偵察之下，鮮烈地挖掘出沉睡於人性深處的惡念……

★「這本推理小說了不起！」受賞作家精彩絕倫的七則推理短篇！

★本書為中山七里自認最佳傑作、至今最滿意的作品

★享受被騙的快感，來自書評家、書店員不絕的讚聲！！

七色之毒

14.8×21cm　288 頁　定價：280 元

一名罹患記憶障礙的少女，在母親陪同返家的途中遭到誘拐。奇怪的是，歹徒留下了一張畫有「哈梅爾的吹笛人」的明信片，卻未曾索求贖金。

搜查一課的犬養隼人奉命負責偵辦此案。面對如此不尋常的綁架案，他隱約察覺到了兩名少女之間的關聯之處。

犬養緊咬著僅有的線索，卻遭到歹徒猖狂的追擊——眾目睽睽之下再次發生了綁架案！而且這一次，犬養本人就在案發現場。就在警方大感顏面掃地之時，歹徒發出了超乎想像的犯罪聲明！歹徒的目標竟是——

哈梅爾吹笛人的誘拐

14.8×21cm　320 頁　定價：350 元

好書推薦

★第八屆「這本推理小說了不起」大賞得主中山七里全新力作。
★書寫「冤罪」大議題，挑戰司法體系的公平與正義，精準詮釋人性的光明與陰暗！
★社會派推理與本格派推理的完美融合！

「比起被害者，司法往往更加致力於維護加害者的人權。」
正義女神泰米斯，手持天秤與寶劍。
寶劍象徵力量，天秤代表衡量正邪的正義。
沒有力量的正義發揮不了作用，沒有正義的力量等於暴力。
狂風大雨之夜，一對房仲業夫婦慘遭竊賊殺害。菜鳥刑警渡瀨與資深前輩鳴海，憑著線索抓到涉嫌重大的嫌犯楠木，並對他嚴厲逼問，最終獲得認罪口供。
五年後的冬季，轄區再次發生竊盜殺人案。
竊賊的作案手法十分熟練，而且似曾相識，令渡瀨不禁聯想起那宗房仲夫婦的竊盜命案！難道楠木是無、辜、的？渡瀨的背脊竄起一陣戰慄……
潘朵拉的盒子已然捧在手上，揭發或隱匿？他的抉擇是——？
當司法體系成了「殺人兇手」
當「殺人犯家屬」成了「冤案受害家屬」
泰米斯之劍將揮向何人？！
一宗無人敢觸碰的沉重冤案，讓菜鳥蛻變成鬼見愁刑警？！
《連續殺人鬼青蛙男》、《贖罪奏鳴曲》渡瀨警部的罪與罰！

泰米斯之劍　　14.8×21cm　384 頁　定價：320 元

好書推薦

「如果是這樣，那我也是魔女的後裔喔。」

全心埋首於研究的製藥公司研究員，在留下這句神秘的話語後，以極為慘烈的方式在一片荒蕪的沼澤地化成遍地的骨肉碎屑。這位年輕有為、總是掛著笑容的內斂青年，為何會以如此慘烈的方式殞命？這是上天的制裁，還是惡魔的傑作？

☆中山七里首次挑戰「這本推理小說真厲害！」的懸疑驚悚力作！
☆「連續殺人鬼青蛙男」、「刑事犬養隼人」等精彩刑偵作品的原點

從人物背景的縝密探索，到怒濤般展開的驚悚動作場面。
在數百頁的內容中帶給讀者不同起伏層次的閱讀感受！

深埋在溫和外表下的過去，以及那間被研究書籍填滿、毫無生活感的房間，竟隱藏著導向龐大黑幕的禁忌線索……**研究員的離奇死亡、尋常農家的嬰兒誘拐、東京鬧區的無差別砍人事件**，三此看似毫不相關的案件，又該如何在其中找到突破僵局的關鍵點？

結合戰慄感與探索要素，圍繞各式人物面貌的深度描寫，在高張力情節中適時融入直擊社會與人性層面的剖析，以巧妙的推展節奏呈現出意外性以及豐富的閱讀樂趣。

魔女復甦　　14.8×21cm　368 頁　定價：350 元

TITLE

死亡醫生的遺產

STAFF

出版	瑞昇文化事業股份有限公司
作者	中山七里
譯者	沈俊傑
總編輯	郭湘齡
責任編輯	徐承義
文字編輯	蕭妤秦　張聿雯
美術編輯	許菩真
封面設計	許菩真
排版	許菩真
製版	明宏彩色照相製版有限公司
印刷	桂林彩色印刷股份有限公司
	紘億彩色印刷有限公司
法律顧問	立勤國際法律事務所　黃沛聲律師
戶名	瑞昇文化事業股份有限公司
劃撥帳號	19598343
地址	新北市中和區景平路464巷2弄1-4號
電話	(02)2945-3191
傳真	(02)2945-3190
網址	www.rising-books.com.tw
Mail	deepblue@rising-books.com.tw
初版日期	2021年5月
定價	350元

國家圖書館出版品預行編目資料

死亡醫生的遺產 = The legacy of Dr. death/中山七里作；沈俊傑譯. -- 初版. -- 新北市：瑞昇文化事業股份有限公司, 2021.03
336面；14.8 x 21公分
譯自：ドクター・デスの遺產
ISBN 978-986-401-477-4(平裝)

861.57　　110002350

讀小說
Reading Novel